T0160958

Matar es fácil

Biografía

Agatha Christie es conocida en todo el mundo como la Dama del Crimen. Es la autora más publicada de todos los tiempos, tan solo superada por la Biblia y Shakespeare. Sus libros han vendido más de un billón de copias en inglés y otro billón largo en otros idiomas. Escribió un total de ochenta novelas de misterio y colecciones de relatos breves, diecinueve obras de teatro y seis novelas escritas con el pseudónimo de Mary Westmacott.

Probó suerte con la pluma mientras trabajaba en un hospital durante la Primera Guerra Mundial, y debutó con *El misterioso caso de Styles* en 1920, cuyo protagonista es el legendario detective Hércules Poirot, que luego aparecería en treinta y tres libros más. Alcanzó la fama con *El asesinato de Roger Ackroyd* en 1926, y creó a la ingeniosa Miss Marple en *Muerte en la vicaría*, publicado por primera vez en 1930.

Se casó dos veces, una con Archibald Christie, de quien adoptó el apellido con el que es conocida mundialmente como la genial escritora de novelas y cuentos policiales y detectivescos, y luego con el arqueólogo Max Mallowan, al que acompañó en varias expediciones a lugares exóticos del mundo que luego usó como escenarios en sus novelas. En 1961 fue nombrada miembro de la Real Sociedad de Literatura y en 1971 recibió el título de Dama de la Orden del Imperio Británico, un título nobiliario que en aquellos días se concedía con poca frecuencia. Murió en 1976 a la edad de ochenta y cinco años.

Sus misterios encantan a lectores de todas las edades, pues son lo suficientemente simples como para que los más jóvenes los entiendan y disfruten pero a la vez muestran una complejidad que las mentes adultas no consiguen descifrar hasta el final.

www.agathachristie.com

Agatha Christie
Matar es fácil

Traducción: C. Peraire del Molino

ESPASA

Obra editada en colaboración con Editorial Planeta – España

Título original: *Murder is Easy*

© 1939, Agatha Christie Limited. Todos los derechos reservados.

Traducción: Peraire del Molino

© Grupo Planeta Argentina S.A.I.C. – Buenos Aires, Argentina

Derechos reservados

© 2022, Editorial Planeta Mexicana, S.A. de C.V.
Bajo el sello editorial BOOKET M.R.
Avenida Presidente Masarik núm. 111,
Piso 2, Polanco V Sección, Miguel Hidalgo
C.P. 11560, Ciudad de México
www.planetadelibros.com.mx

Diseño de portada: Planeta Arte & Diseño
Ilustraciones de la portada: © miketarks, Mallinkal y In-Finity / Shutterstock

Agatha Christie

Primera edición impresa en España: junio de 2021
ISBN: 978-84-670-5979-3

Primera edición impresa en México en Booket: mayo de 2022
ISBN: 978-607-07-8753-9

Impreso en los talleres de Impresora Tauro, S.A. de C.V.
Av. Año de Juárez 343, Col. Granjas San Antonio,
Iztapalapa, C.P. 09070, Ciudad de México
Impreso y hecho en México / *Printed in Mexico*

*Dedicado a Rosalind y Susan,
las dos primeras críticas de este libro*

Capítulo 1
Un viajero

¡Inglaterra! ¡Otra vez Inglaterra después de tantos años! ¿Cómo se la iba a encontrar?

Luke Fitzwilliam se hizo esa pregunta al descender por la pasarela del barco. La pregunta continuó en su mente durante toda la espera en el recinto de la aduana. De pronto pasó a un primer plano cuando por fin se sentó en el tren.

Inglaterra, de permiso, era otra cosa. Mucho dinero para despilfarrar (¡al menos al principio!); viejos amigos a los que llamar; reuniones con otros camaradas que, como él, estaban en casa; un ambiente despreocupado del tipo: «¡Bueno, no durará mucho! ¡Más vale que me divierta! Pronto habrá que regresar».

Pero ahora ya no se trataba de volver. Se habían acabado las noches de calor sofocante, la deslumbrante luz del sol y la belleza de la exuberante vegetación tropical, las veladas solitarias dedicadas a leer y releer los ejemplares atrasados del *Times*.

Así estaba, retirado con honores y con una pensión

y algunas pequeñas rentas propias, un caballero ocioso que había vuelto a Inglaterra. ¿Qué iba a hacer consigo mismo?

¡Inglaterra! Inglaterra en un día de junio, con el cielo gris y un viento helado y cortante. ¡No tenía nada de acogedora en un día como este! ¡Y la gente! ¡Cielo santo, la gente! Muchedumbres con la cara gris como el cielo; rostros ansiosos y preocupados. Y también estaban las casas, creciendo por todas partes, como setas. ¡Casuchas abominables! ¡Casuchas repugnantes! ¡Gallineros con pretensiones de grandeza por toda la campiña!

Haciendo un esfuerzo, Luke Fitzwilliam apartó la mirada del paisaje y se dispuso a echar un vistazo a los periódicos que acababa de comprar: el *Times*, el *Daily Clarion* y el *Punch*.

Empezó por el *Daily Clarion*, dedicado enteramente a las carreras de caballos: el derby de Epsom.

Luke pensó: «Es una lástima que no llegara ayer. No he estado en un derby desde los diecinueve años».

En el club había apostado por un caballo y quiso ver lo que el corresponsal del *Clarion* opinaba de su favorito. Comprobó que lo descartaba desdeñosamente con el comentario: «Y en cuanto a *Jujube II*, *Mark's Mile*, *Santony* y *Jerry Boy*, es difícil que lleguen a clasificarse en los primeros lugares. Un probable finalista es...».

Pero Luke no se fijó en el probable finalista. Su mirada recorría las apuestas. *Jujube II* aparecía con un modesto 40 a 1.

Miró el reloj. Las cuatro menos cuarto. «Bueno, ahora ya habrá terminado», se dijo. Y deseó haber apostado por *Clarigold*, que era el segundo favorito.

Luego abrió el *Times* para concentrarse en asuntos más serios, aunque no por mucho tiempo, porque un coronel de aspecto fiero que estaba sentado ante él, acalorado por lo que acababa de leer, quiso hacerle partícipe de su indignación. Pasó una buena media hora antes de que se cansara de repetir lo que pensaba de «esos malditos agitadores comunistas, señor».

Al final, el coronel se calló y se quedó dormido con la boca abierta. Poco después, el tren desaceleró y se detuvo. Luke miró por la ventanilla. Se hallaba en una gran estación con muchos andenes, pero al parecer desierta. Alcanzó a ver un letrero sobre el quiosco de revistas que decía: RESULTADOS DEL DERBY. Abrió la portezuela, saltó al andén y corrió hasta el puesto de periódicos. Momentos después, contemplaba con una amplia sonrisa las pocas líneas de la última edición:

RESULTADOS DEL DERBY
Jujube II
Mazeppa
Clarigold

Luke sonrió satisfecho. ¡Cien libras para malgastar! Bravo por el bueno de *Jujube II*, injustamente menospreciado por todos los entendidos. Con una sonrisa en los labios, se volvió para enfrentarse al vacío. Excitado por la victoria de *Jujube II*, no había advertido que el tren salía de la estación.

—¿Dónde diablos se ha metido el tren? —preguntó a un mozo de rostro sombrío.

—¿Qué tren? No ha llegado ninguno desde las 3.14.

—Hace nada había aquí un convoy y yo me he apeado de él. Es el que enlaza con el barco.

—El expreso que enlaza con el barco va directo a Londres —replicó el mozo con austeridad.

—Pues ha parado —le aseguró Luke—. He bajado de ese tren.

—No para hasta Londres —repitió el mozo impertérrito.

—Se detuvo en este mismo andén y yo me apeé, se lo aseguro.

Enfrentado a los hechos, el mozo cambió de táctica.

—No debió hacerlo —dijo con reprobación—. No para aquí.

—Pues lo hizo.

—Sería por la señal. Esperaría hasta que le dieran paso. No puede llamarse propiamente una «parada». No debería haberse apeado.

—Yo no distingo como usted esos matices tan finos —replicó Luke—. La cuestión es: ¿qué hago ahora?

El empleado, hombre de pensamiento pausado, repitió el reproche:

—No debió apearse.

—Bien, lo admito —dijo y, a continuación, recitó—: El mal está hecho, dejémonos de lamentaciones. Lo que yo quiero saber es qué me aconseja que haga un hombre de experiencia en el servicio ferroviario.

—¿Me pregunta qué debe hacer?

—Eso mismo. Supongo que habrá algún tren que pare aquí, que pare de forma oficial, quiero decir.

—Déjeme pensar —contestó el mozo—. Lo mejor es que coja el de las 4.25.

—Si el de las 4.25 va a Londres —respondió Luke—, ese es mi tren.

Más tranquilo, empezó a pasear por el andén. En una pizarra leyó que se hallaba en Fenny Clayton, estación de enlace con Wychwood-under-Ashe. Al cabo de un rato, un tren de un solo vagón, arrastrado por una anticuada locomotora, entró en la estación para colocarse modestamente en uno de los andenes. Se apearon solo seis o siete personas que, tras cruzar un pequeño puente, pasaron al andén de Luke. El mozo taciturno resucitó de pronto y cargó una carretilla con cajas y cestos. Otro empleado se unió al primero y se oyó el tintineo de las lecheras. Fenny Clayton despertó de su letargo.

Por fin, dándose mucha importancia, llegó el tren de Londres. Los vagones de tercera estaban abarrotados. Solo había tres compartimentos de primera clase, y, en cada uno de ellos, viajaba uno o varios pasajeros. El primero, para fumadores, estaba ocupado por un caballero de aspecto marcial que fumaba un puro. Luke, que ya había tenido bastantes coroneles angloindios por un día, se dirigió al siguiente, cuyos ocupantes eran una joven elegante que parecía cansada, posiblemente una institutriz, y un niñito de unos tres años de aspecto movido. Pasó de largo sin perder ni un segundo. La puerta del compartimento contiguo estaba abierta y en su interior se hallaba un solo pasajero: una dama de cierta edad. Le recordó a una de sus parientes, tía Mildred, que, en una demostración de valentía, le había permitido quedarse con una culebra cuando tenía diez años. Tía Mildred había sido todo lo buena que puede ser una tía. Tras unos minutos de intensa actividad en los vagones destinados a la leche y las maletas, el tren se puso poco a poco en movimiento. Luke desdobló su periódico para volver a las noticias con la desgana de quien ya ha leído los diarios de la mañana.

No esperaba leer mucho rato. Puesto que era un hombre con varias tías, estaba casi seguro de que la agradable anciana que ocupaba su mismo compartimento no podría guardar silencio hasta Londres.

Estaba en lo cierto: una ventanilla que no cerraba bien, un paraguas caído, y la buena señora empezó a contarle las excelencias del tren.

—Solo tarda una hora y diez minutos. Es magnífico, ya lo creo. Mucho mejor que el de la mañana, que tarda una hora y cuarenta minutos.

Y prosiguió:

—Casi todo el mundo toma el de la mañana. Quiero decir que, si es el día de descuento, es una tontería tomar el tren de la tarde. Yo querría haber salido esta mañana, pero *Wonky Pooh* se había perdido (es mi gato persa, una preciosidad, solo que últimamente le dolía una oreja), y claro, no me podía ir de casa hasta que lo encontrara.

—Por supuesto —murmuró Luke, que miró con afectación su periódico. Pero eso no le sirvió de nada, pues ella siguió con la charla.

—Así que le puse al mal tiempo buena cara y tomé el tren de la tarde, lo que en cierto modo es una ventaja porque no va tan lleno, aunque eso no importa cuando se viaja en primera. Desde luego, es algo que no me permito a menudo. Quiero decir que lo considero un despilfarro, con tantos impuestos, rentas míseras, el sueldo del servicio que cada vez es más alto y todas esas cosas. Pero la verdad es que estaba tan trastornada, porque voy a Londres para un asunto muy importante, ¿sabe?, y quería poder pensar con tranquilidad lo que voy a decir. —Luke reprimió una sonrisa—. Y cuando se coincide en el viaje con personas conocidas hay que mostrarse amable. Así que pensé que, por una vez, el gasto estaba más que justificado, aunque creo que hoy en día se derrocha y ya nadie piensa en el futuro. Como es natural —agregó con presteza, al fijarse en el rostro bronceado de Luke—, los soldados de permiso deben viajar en primera, sobre todo si son oficiales.

Luke sostuvo la inquisitiva mirada de aquel par de ojos brillantes y capituló. Daba lo mismo ahora que después.

—No soy militar —dijo.

—¡Oh, cuánto lo siento! No quise decir que... Solo pensé que... Como está tan bronceado... Quizá regresaba del Sudeste Asiático de permiso.

—Vuelvo a casa desde Oriente —dijo Luke—, pero no de permiso. —Para evitar más explicaciones, añadió con toda claridad—: Soy policía.

—¿Es policía? Eso es muy interesante. El hijo de una buena amiga mía acaba de ingresar en la policía de Palestina.

—Vengo de Mayang Straits —respondió Luke, que tomó otro atajo para abreviar la conversación.

—¡Qué interesante! Lo cierto es que es una coincidencia. Me refiero a que viaje en este tren. Porque el asunto que me lleva a la ciudad... Bueno, en realidad voy a Scotland Yard precisamente.

—¿De veras? —preguntó Luke.

Y pensó para sí: «¿Se le acabará pronto la cuerda o seguirá así hasta Londres?». Pero la verdad es que no le importaba. Había querido mucho a su tía Mildred, y recordaba la vez que le había dado cinco libras en el momento en que más falta le hacían. Además, las señoras mayores como esa y su tía Mildred tenían algo reconfortante y muy inglés. No había nadie como ellas en Mayang Straits. Son comparables con el pastel de pasas y especias del día de Navidad, el críquet y las chimeneas con troncos ardiendo. Son esas cosas las que se echan de menos cuando no se tienen y se está al otro lado del mundo, y de las que uno se harta cuando se disfrutan en exceso. Pero, como ya se ha dicho, Luke hacía solo tres o cuatro horas que había llegado a Inglaterra.

—Sí, tenía la intención de haber viajado esta mañana, pero luego, como le he comentado, me trastornó

tanto la desaparición de *Wonky Pooh*... ¿Cree usted que
será demasiado tarde? Quiero decir si tienen un hora-
rio especial de oficina en Scotland Yard.

—No creo que cierren a las cuatro, ni nada parecido
—respondió Luke.

—No, claro que no. ¿Cómo iban a hacerlo? Me refiero a que alguien podría necesitar informar sobre un
crimen a cualquier hora, ¿no le parece?

—Exacto —contestó Luke.

Durante unos instantes, la anciana permaneció en
silencio. Parecía angustiada.

—Soy de la opinión de que lo mejor es ir directamente a la fuente principal —dijo al fin—. John Reed
es un hombre muy agradable, es el policía de Wychwood, muy atento y sociable. Pero, ¿sabe?, no creo
que sea una persona capaz de resolver algo serio. Está
acostumbrado a tratar con gente que ha bebido demasiado, o que conduce a más velocidad de la permitida,
o que no registra a su perro, o incluso a investigar algún robo. Pero no creo..., estoy segura que pueda enfrentarse a un asesinato.

Luke arqueó las cejas.

—¿Asesinato?

La dama asintió con energía.

—Sí, veo que está sorprendido. Yo también lo estaba al principio. No podía creerlo. Pensé que eran imaginaciones mías.

—¿Y está segura de que no lo son?

—¡Oh, sí! —afirmó con la cabeza—. Podrían haberlo sido la primera vez, pero no la segunda ni la ter-

cera ni la cuarta. Tras varios asesinatos, una se convence.

—¿Quiere decir que ha habido varios? —preguntó Luke.

—Me temo que unos cuantos —respondió la dama sin que su voz se alterase y, acto seguido, prosiguió—: Por eso creo que lo mejor es ir a Scotland Yard directamente y contarlo todo. ¿No cree usted que es lo mejor?

Luke la miró pensativo.

—Sí, creo que tiene razón.

Y se dijo: «Allí sabrán cómo tratarla. Lo más probable es que les lleguen más de media docena de señoras como esta por semana, con el cuento de los asesinatos cometidos en sus tranquilos pueblecitos. Deben de tener un departamento especial para estas viejecitas encantadoras».

Y se imaginó a un inspector jefe de actitud paternal o un apuesto y joven inspector murmurando con mucho tacto: «Muchas gracias, señora, se lo agradecemos mucho. Ahora regrese a casa, déjelo todo en nuestras manos y no vuelva a pensar más en este asunto».

Sonrió ante la escena y se dijo: «Me pregunto de dónde sacarán todas esas historias. Deben de estar aburridas como una ostra y sienten el deseo subconsciente de vivir un melodrama. He oído decir que algunas ancianas creen que todos quieren envenenarlas».

La suave voz de su interlocutora lo sacó de sus meditaciones.

—¿Sabe? Recuerdo que leí una vez, creo que era el caso Abercrombie, que el asesino había envenenado a muchas personas sin que nadie sospechara... ¿Qué decía? Ah, sí. Alguien contó que miraba de un modo especial a su víctima y, poco después, esta empezaba a sentirse mal. La verdad es que entonces no lo creí, pero ¡es cierto!

—¿Qué es cierto?

—La mirada de ciertas personas.

Luke la observó. Temblaba ligeramente y sus mejillas habían perdido su tono rosado.

—La vi por primera vez cuando miró a Amy Gibbs... y ella murió. Luego fue Carter. Y Tommy Pierce. Pero ayer le tocó al doctor Humbleby, una persona tan agradable y tan buena. Carter bebía y Tommy Pierce era un chiquillo impertinente y entrometido que maltrataba a niños más pequeños que él. No me importaron gran cosa. Pero el doctor Humbleby es distinto. Hay que salvarlo. Y lo terrible es que, si fuera a verle y se lo contara, no querría creerme, se echaría a reír. Y John Reed tampoco. Pero en Scotland Yard será distinto porque, claro, allí están acostumbrados a los crímenes.

Miró por la ventanilla.

—Oh, querido, llegaremos enseguida. —Nerviosa, abrió y cerró su bolso, y cogió el paraguas—. Gracias, muchísimas gracias —dijo a Luke cuando este le recogió el paraguas, que se le había caído por segunda vez—. Ha sido un gran alivio hablar con usted. Ha sido muy amable, y celebro que crea que hago lo correcto.

—Estoy seguro de que en Scotland Yard la aconsejarán convenientemente —contestó Luke con gentileza.

—Le estoy muy agradecida. —Revolvió en su bolso—. Mi tarjeta. Oh, qué lástima, solo tengo una y debo guardarla para Scotland Yard.

—Claro, claro.

—Pero mi nombre es Pinkerton.

—Un nombre muy adecuado, señorita Pinkerton. El mío es Luke Fitzwilliam —respondió el joven con una sonrisa y, al ver que ella lo miraba ansiosa, se apresuró a decir, cuando el tren se detuvo en el andén—: ¿Quiere que le busque un taxi? ¿Tiene usted prisa?

—¡Oh, no, gracias! —La señorita Pinkerton pareció escandalizarse—. Tomaré el metro hasta Trafalgar Square y bajaré andando por Whitehall.

—Bien, buena suerte —le deseó Luke.

La señorita Pinkerton le dio un caluroso apretón de manos.

—Muy amable —murmuró de nuevo—. ¿Sabe? Al principio pensé que no me creería.

Luke tuvo la cortesía de sonrojarse.

—Bueno —le dijo—. ¡Tantas muertes! Parece bastante complicado que alguien cometa varios asesinatos, ¿verdad?

—No, no, muchacho. Se equivoca. Matar es fácil, mientras nadie sospeche de uno. Y, además, el culpable es la última persona de quien se sospecharía.

—Bueno, de todos modos, buena suerte.

La señorita Pinkerton desapareció entre la multitud y el joven fue en busca de su equipaje mientras pensaba: «¿Estará algo perturbada? No, no lo creo. Tendrá una imaginación desbordante, eso es todo. Espero que la traten bien. Es una anciana muy agradable».

Capítulo 2

Necrológicas

Jimmy Lorrimer era uno de los amigos más antiguos de Luke. De hecho, en cuanto pisó Londres, Luke se instaló en su casa. Y la misma noche de su llegada salió con Jimmy en busca de un poco de diversión.

A la mañana siguiente, tenía un terrible dolor de cabeza, y mientras estaba bebiendo un café una pregunta de su amigo se quedó sin respuesta mientras leía por segunda vez un párrafo insignificante del periódico de la mañana.

—Perdona, Jimmy —le dijo recobrándose con un sobresalto.

—¿Qué te tiene tan absorto? ¿La situación política? Luke sonrió.

—¡Qué va! No. Una noticia muy extraña. Han atropellado a una anciana que viajaba en el mismo tren que yo.

—Probablemente confió en que los vehículos se detendrían al ver la señal intermitente de un paso de peatones —dijo Jimmy—. ¿Cómo sabes que es la misma?

—Claro que puede ser otra, pero el nombre es el mismo: Pinkerton. La atropelló un automóvil al cruzar Whitehall y, de resultas, ha muerto. El coche no se detuvo.

—¡Mal asunto!

—Sí, pobrecilla. Lo siento. Me recordaba a mi tía Mildred.

—El que conducía el automóvil lo pagará. Lo acusarán de homicidio por imprudencia. Te digo que hoy en día da miedo conducir un coche.

—¿Qué coche tienes ahora?

—Un Ford V8. Como te decía...

Y la conversación derivó hacia la mecánica.

De pronto, Jimmy se interrumpió para preguntar a su amigo:

—¿Qué demonios mascullas?

Luke tarareaba para sí:

> *Fiddle de dee*
> *fiddle de dee*
> *the fly has married the humble bee.*[1]

—Es una canción que cantaba cuando era niño —se disculpó—. No sé por qué me ha venido a la mente.

---

1. «¡Qué simpleza, qué simpleza! La mosca se casó con la zumbona abeja.» (Canción infantil inglesa.) *(N. del t.)*

Una semana más tarde, cuando Luke leía la primera página del *Times*, exclamó:

—¡Cielos, que me aspen si...!

Jimmy Lorrimer alzó la cabeza.

—¿Qué pasa?

Luke no respondió. Miraba un nombre impreso en la columna de un periódico.

Jimmy repitió la pregunta.

Luke alzó la cabeza y miró a su amigo con una expresión tan peculiar que lo desconcertó.

—¿Qué pasa? Parece que hubieses visto un fantasma.

Durante un par de minutos, el otro no habló. Dejó el periódico, anduvo hasta la ventana y volvió. Jimmy lo miraba cada vez más sorprendido.

Luke se sentó en la silla y se inclinó hacia delante.

—Jimmy, amigo mío, ¿recuerdas lo que te conté de aquella anciana que viajó conmigo el día que llegué a Inglaterra?

—¿Aquella que dijiste que se parecía a tu tía Mildred y a la que atropelló un coche?

—Esa precisamente. Escúchame, Jimmy. La pobre anciana me contó una larga historia sobre su intención de presentarse en Scotland Yard para denunciar una serie de asesinatos. En su pueblecito, por lo visto, había un asesino suelto que no se andaba con chiquitas: varios asesinatos y por la vía rápida.

—No me dijiste que estuviera loca —contestó Lorrimer.

—Y no creo que lo estuviera.

—¡Oh, vamos, hombre! Asesinatos en serie...

Luke intervino impaciente:

—No creí que estuviera perturbada, sino solo que se dejaba llevar por su imaginación, como sucede con las viejecitas.

—Bueno, supongo que pudo ser así. Pero probablemente estaba también algo trastornada.

—No me importa lo que creas, Jimmy. Ahora soy yo el que hablo, ¿entendido?

—Está bien, está bien. Continúa.

—Me lo contó por casualidad y mencionó a una o dos de las víctimas, y luego dijo que lo que le preocupaba era saber quién sería la siguiente víctima.

—¿Sí? —inquirió Jimmy interesado.

—Algunas veces un nombre se te queda en la memoria por alguna razón, aunque sea una tontería. Y ese nombre se grabó en la mía porque lo relacionaba con una nana que me cantaban en mi niñez: *Fiddle de dee, fiddle de dee, the fly has married the humble bee.*

—Muy intelectual, no te lo niego, pero ¿a qué viene?

—Viene, mi querido amigo, a que el nombre de la víctima era Humbleby, doctor Humbleby. La viejecita me dijo que el siguiente sería el doctor Humbleby, y estaba angustiada porque era muy buena persona. Ese nombre se me quedó grabado a causa de la cancioncita.

—¿Y bien? —quiso saber Jimmy.

—Mira esto.

Luke le tendió el periódico, señalándole con el dedo una esquela en la sección de necrológicas.

HUMBLEBY: El día 12 de junio falleció repentinamente en su residencia de Sandgate, en Wychwood-under-Ashe, John Edward Humbleby (médico), amante esposo de Jessie Rose Humbleby. El funeral se celebrará el viernes. No envíen flores.

—¿Lo ves, Jimmy? Ese es el nombre del médico y del pueblo. ¿Qué deduces de todo esto?

Jimmy tardó unos momentos en contestar y, finalmente, respondió con voz grave y un tanto insegura:

—Supongo que es solo una coincidencia.

—¿Eso crees, Jimmy? ¿No son demasiadas?

Luke empezó a pasear de nuevo.

—¿Y qué va a ser si no? —insistió Jimmy.

Luke se volvió en redondo.

—¡Supón que todo lo que me dijo la buena anciana fuese cierto! Supón que esa historia que parecía una fantasía sea la pura verdad.

—¡Oh, vamos, vamos, muchacho! Sería un poco difícil de creer. Esas cosas no suceden en el mundo real.

—¿Y qué me dices del caso Abercrombie? ¿Quién hubiera podido imaginar que había cometido tantos crímenes?

—Más de los que descubrieron —respondió Jimmy—. Un amigo mío tiene un primo que era el médico forense local, y me contó muchas cosas. Pillaron a Abercrombie porque había envenenado al veterinario con arsénico, así que desenterraron a la esposa, que también tenía arsénico hasta en las orejas, y es casi seguro que su cuñado murió de lo mismo. Y eso no fue todo. Este amigo me dijo que la opinión extraoficial era que, por lo menos, había liquidado a unas quince personas. ¡Quince!

—Exacto. Por lo tanto, esas cosas suceden.

—Sí, pero no tan a menudo.

—¿Cómo lo sabes? Puede que ocurran más a menudo de lo que crees.

—¡Habla el agente de la ley! ¿No puedes dejar el papel de policía ahora que estás retirado?

—Cuando uno ha sido policía, sigue siéndolo toda la vida —dijo Luke—. Ahora escucha, Jimmy: suponiendo que, antes de que Abercrombie hubiese cometido la equivocación de llevar a cabo sus crímenes ante las narices de la policía, una anciana charlatana hubiera ido a contárselo a las autoridades, ¿crees que la habrían escuchado?

Jimmy sonrió.

—¡Ni pensarlo!

—¿Lo ves? Habrían dicho que tenía la cabeza llena de pájaros. Lo mismo que tú afirmaste. O «demasiada imaginación», como dije yo. Y los dos nos habríamos equivocado, Jimmy.

Lorrimer meditó unos segundos y luego dijo:

—¿Cuál es, en tu opinión, la situación exacta?

—El caso es el siguiente —respondió Luke despacio—. Me explican una historia poco probable, pero no imposible. Una prueba evidente: la muerte del doctor Humbleby. Existe otro factor importante: la señorita Pinkerton se dirigía a Scotland Yard a contar su historia. Pero no llegó allí. Murió atropellada por un coche que no se detuvo.

—Ignoras si llegó —objetó Jimmy—. Puede ser que la matasen después y no antes de su visita.

—Puede ser, aunque no lo creo.

—Eso son meras suposiciones. Lo que pasa es que te crees este melodrama.

Luke negó con la cabeza acaloradamente.

—No. Yo no digo eso. Lo que digo es que es un caso que debería investigarse.

—En otras palabras: irás a Scotland Yard.

—No, no he llegado hasta ese extremo todavía. Como dices, la muerte de ese Humbleby podría ser una coincidencia.

—Entonces ¿puedo preguntarte qué piensas hacer?

—Ir a ese pueblo a ver qué pasa.

—¿Así que eso es lo que pretendes?

—¿No estás de acuerdo conmigo en que es lo único sensato que puede hacerse?

Jimmy lo miró antes de decir:

—¿Estás hablando en serio, Luke?

—Totalmente en serio.

—¿Y si todo esto queda en agua de borrajas?

—Sería lo mejor que podría suceder.

—Sí, claro. —Jimmy frunció el ceño—. Pero tú no crees que vaya a ser así, ¿verdad?

—Mi querido amigo, trato de ver las cosas objetivamente.

Jimmy no habló durante un rato. Luego quiso saber:

—¿Tienes algún plan? Me refiero a que deberás alegar alguna razón para presentarte en ese pueblo tan de improviso.

—Sí, supongo que sí.

—Nada de suponer. ¿No te das cuenta de lo que es un pueblo? ¡Todo el mundo se conoce!

—Tendré que adoptar otra personalidad —dijo Luke con una sonrisa—. ¿Qué me sugieres? ¿Artista? Es difícil, no sé dibujar y mucho menos pintar.

—Puedes ser un artista moderno —sugirió Jimmy—. Así tus habilidades no importarán.

—¿Y un novelista? Los novelistas van a otros lugares para escribir. Puede que sí. Quizá serviría un pescador, pero tendría que saber si pasa un río por allí cerca. ¿Y un enfermo que tiene que hacer reposo? No, no doy el tipo y, además, todo el mundo va a una residencia. Podría estar buscando una casa... No, tampoco me convence. ¡Que me aspen, Jimmy! Tiene que haber alguna razón plausible para que un forastero visite un pueblecito.

—Espera un segundo —dijo Jimmy—. Dame el periódico.

Volvió a leer la esquela y entonces anunció de manera triunfal:

—¡Me lo imaginaba! Luke, muchacho, te lo diré en pocas palabras. Puedo arreglarlo a las mil maravillas. ¡Y en un abrir y cerrar de ojos!

Luke se volvió.

—¿Qué?

—¡Ya decía yo que me sonaba! —continuó Jimmy con orgullo—. ¡Claro, Wychwood-under-Ashe! ¡El mismísimo lugar!

—¿Por alguna casualidad tienes algún amigo que conozca al forense del pueblo?

—No. Mucho mejor que eso, muchacho. Ya sabes que la naturaleza me ha provisto de gran cantidad de tías y primos. Mi padre tuvo trece hermanos. Ahora escucha esto: ¡Tengo un pariente en Wychwood-under-Ashe!

—¡Jimmy, eres un portento!

—No está mal, ¿verdad? —dijo Jimmy con tono de modestia.

—Cuéntame quién es él.

—No es él, es ella, una prima. Se llama Bridget Conway. Durante estos dos últimos años ha sido la secretaria de lord Whitfield.

—¿El propietario de ese asqueroso tabloide dominical?

—Eso es. ¡Un tipejo no demasiado agradable! ¡Un pretencioso! Nació en Wychwood-under-Ashe y, siendo como es de esa clase de esnobs que hablan hasta por los codos de su origen, su linaje y las glorias de hacerse a sí mismo, volvió a su pueblo natal y compró la única casa grande que había, que, a propósito, había pertenecido a la familia de Bridget, y está muy ocupado convirtiéndola en una finca modelo.

—¿Y tu prima es su secretaria?

—Lo fue —dijo Jimmy—. Ahora ha ascendido. ¡Es su prometida!

—¡Ah! —respondió Luke bastante sorprendido.

—Es un buen partido. Nada en la abundancia. Bridget tuvo un desengaño amoroso con un tipo y ya no piensa en cuestiones románticas. Creo que les irá bastante bien. Ella lo tratará con firmeza y él acabará comiendo de su mano.

—¿Y cuándo entro yo en escena?

—Tú vas allí y te instalas —replicó Jimmy en el acto—. Puedes ser otro de nuestros primos. Bridget tiene tantos que uno más no importa. Yo me pondré de acuerdo con ella. Siempre hemos sido buenos amigos. Y en cuanto a la razón de tu estancia: la brujería, muchacho.

—¿Brujería?

—Folclore, supersticiones locales, todas esas cosas. Wychwood-under-Ashe es popular por ello. Es uno de los últimos sitios en que se celebraban aquelarres. Quemaban brujas en el siglo pasado y todavía perduran tradiciones por el estilo. Tú estás escribiendo un libro, ¿comprendes?, comparando las costumbres de Mayang Straits y el viejo folclore inglés, sus puntos en común, etcétera. Ya sabes cómo va. Te paseas por el pueblo con un cuaderno de notas en la mano y te dedicas a interrogar a los habitantes más ancianos sobre las costumbres y tradiciones. No les vendrá de nuevas y, al estar en Ashe Manor, te abrirán las puertas.

—¿Y qué opinará lord Whitfield?

—Pues nada. Es completamente analfabeto y un iluso: cree lo que publica en sus periódicos. De todas formas, Bridget lo convencerá. Es una buena chica. Respondo por ella.

—Jimmy, me lo pones muy fácil. Es maravilloso. Si de veras puedes arreglarlo todo con tu prima...

—Todo saldrá bien. Déjame a mí.

—No sabes cómo te lo agradezco.

—Todo lo que te pido es que, ya que vas a la caza de un asesino, me lo comuniques en cuanto lo atrapes —replicó Jimmy, y añadió—: ¿En qué piensas?

Luke respondió lentamente:

—En algo que dijo aquella mujer. Le comenté que era difícil creer que pudieran cometerse tantos crímenes de manera impune y me contestó que estaba equivocado, que matar era muy fácil. —Se detuvo y luego concluyó—: ¿Será cierto, Jimmy? Me gustaría saber si...

—¿Si qué?

—Si matar es fácil.

Capítulo 3

Una bruja sin escoba

El sol brillaba cuando Luke llegó a lo alto del cerro y vio el pequeño pueblo de Wychwood-under-Ashe. Frenó el coche de segunda mano que había comprado hacía poco y apagó el motor.

Era un día de verano soleado y caluroso. Abajo estaba el pueblo, extrañamente ajeno a los últimos acontecimientos. Yacía tranquilo e inocente bajo los rayos del sol. Las casas se extendían a ambos lados de una larga y sinuosa calle dominada por las crestas de Ashe Ridge.

Parecía remoto e intacto. Luke pensó: «Probablemente estoy loco. Es todo tan increíble».

¿Había ido allí a detener a un asesino solo por la charlatanería de una anciana y una esquela en un periódico?

Negó con la cabeza.

«Seguro que esas cosas no ocurren —murmuró—, ¿o sí? Luke, muchacho, debes averiguar si eres el más tonto de los crédulos o si tu nariz de sabueso ha olfateado el rastro correcto.»

Puso el motor en marcha y condujo con cuidado por la carretera zigzagueante que desembocaba en la calle principal.

Wychwood consistía, como ya se ha dicho, solo en esa calle. En ella había tiendas, bonitas casitas georgianas y aristocráticas, de escalones limpios y llamadores relucientes, y también villas pintorescas con sus jardines llenos de flores.

Tenía una posada: Bells & Motley. Había un prado y un estanque con patos y, presidiendo todo eso, una enorme mansión georgiana que Luke tomó por su destino, Ashe Manor, pero al aproximarse pudo apreciar un gran letrero que decía: MUSEO Y BIBLIOTECA. Un poco más allá se alzaba un anacronismo, un gran edificio moderno de color blanco, austero e irrelevante en medio del alegre desorden del lugar. Era el instituto y el club de los muchachos.

Fue allí donde se detuvo para que lo orientaran.

Le dijeron que Ashe Manor estaba a media milla, como vería al pasar la verja.

Luke prosiguió su camino y la encontró con facilidad. La verja era nueva, de hierro forjado. Al traspasarla, distinguió el edificio de ladrillo entre los árboles y, al volver el último recodo del camino, quedó estupefacto ante aquella masa, semejante a un castillo, que le daba la bienvenida.

Mientras contemplaba aquella visión de pesadilla, el sol se ocultó. De pronto se percató de la amenazadora presencia de Ashe Manor. Una ráfaga sacudió las hojas de los árboles y, en aquel momento, una muchacha apareció por una de las esquinas de la mansión.

El viento le agitaba el pelo de color negro y a Luke le recordó un cuadro de Nevinson: *La bruja*. El rostro alargado y fino, y los cabellos negros flotando hacia las estrellas. Se la imaginó volando sobre una escoba hacia la luna.

La muchacha fue directa hacia él.

—Usted debe de ser Luke Fitzwilliam. Soy Bridget Conway.

Estrechó la mano que le tendía y la vio como era en realidad y no en un súbito rapto de imaginación. Alta, esbelta, de rostro alargado y delicado, en el que se marcaban ligeramente los pómulos, las cejas irónicas y oscuras, igual que los ojos y el pelo. Era como un delicioso grabado al agua: conmovedor y hermoso.

Durante su viaje de regreso a Inglaterra, llevaba en mente la imagen de una muchacha sonrosada y tostada por el sol que acariciaba el cuello de un caballo, inclinada para recortar un seto o sentada con las manos extendidas hacia el fuego de la chimenea. Había sido una visión encantadora.

Ahora no sabía si le gustaba o no Bridget Conway, pero, ante su presencia, la imagen anterior se desvanecía y se tornaba ñoña y sin sentido.

—¿Cómo está? —dijo—. Debo pedirle disculpas por invadir su casa de esta manera. Jimmy me aseguró que no la molestaría.

—Oh, claro que no. Estamos encantados. —Y sonrió con un gesto súbito que llevó las comisuras de su boca generosa hasta la mitad de las mejillas—. Jimmy y yo siempre nos hemos llevado bien. Si está escribiendo un libro, no ha podido usted acabar en un sitio mejor. Este está lleno de leyendas y lugares pintorescos.

—¡Espléndido! —respondió Luke.

Caminaron juntos hacia la casa. Luke la observó de nuevo y, al hacerlo, descubrió los trazos sobrios del estilo reina Ana, encubiertos y suavizados con una florida magnificencia. Recordó que Jimmy había dicho que aquella casa había pertenecido a la familia de Bridget. Entonces, pensó con tristeza, no debía de estar tan adornada.

Miró el perfil y las manos largas y bellas de la joven. Debía de tener unos veintiocho o veintinueve años. Y era inteligente, una de esas personas de quien no se sabe absolutamente nada hasta que ellas lo juzgan oportuno.

El interior de la casa era confortable y de buen gusto, el estilo de un decorador de primera clase. Bridget Conway lo condujo hasta una habitación con librerías y cómodos butacones donde se hallaban dos personas sentadas ante una mesa de té.

—Gordon, él es Luke, una especie de primo de un primo mío —dijo ella.

Lord Whitfield era un hombre de corta estatura, bastante calvo y con la cara redonda e ingenua, de ojos saltones y labios gruesos. Iba vestido como un campesino y con desaliño, algo que no le sentaba bien, pues tenía bastante tripa.

Recibió a Luke con amabilidad.

—Celebro conocerlo. He oído decir que acaba de llegar de Oriente. Es un lugar interesante. Bridget me dijo que va a escribir un libro. Dicen que se escriben demasiados, pero yo no opino así: siempre hay lugar para un buen libro.

—Mi tía, la señora Anstruther —le presentó Bridget, y Luke estrechó la mano de una mujer de mediana edad con una boca graciosa.

La señora Anstruther, como Luke averiguó muy pronto, era muy aficionada a la jardinería. No sabía hablar de otra cosa y se preocupaba solamente por encontrar el sitio más idóneo para sus plantas.

Tras corresponder a la presentación, siguió con su charla.

—Gordon, ya sabes que el mejor sitio para plantar flores entre las rocas es detrás de la rosaleda. Y también podrías tener un jardín acuático maravilloso ahí, en el arroyo.

Lord Whitfield se acomodó mejor en su butaca.

—Arregladlo todo entre tú y Bridget —le dijo en un tono despreocupado—. Yo creo que esas plantas de rocalla son insignificantes, pero eso no importa.

—Las plantas de rocalla no son suficiente para ti, Gordon —comentó Bridget.

Sirvió una taza de té a Luke y luego lord Whitfield habló plácidamente:

—Es cierto, considero que no valen el dinero que pagas por ellas. Son unas pequeñeces que apenas se ven. Prefiero un buen invernadero lleno de flores o algunos arriates de geranios rojos.

La señora Anstruther, que poseía el don *par excellence* de seguir con su tema sin que la distrajeran los comentarios de los demás, continuó:

—Yo creo que las jaras crecerán muy bien en este clima.

A continuación, se enfrascó en la lectura de unos folletos.

Lord Whitfield probó el té, se apoyó en el respaldo del sillón y estudió detenidamente a Luke sin reparos.

—Así que es escritor —murmuró.

Luke se sintió algo nervioso, y se disponía a dar explicaciones cuando comprendió que no era eso lo que el lord buscaba.

—He pensado muchas veces —añadió el caballero— que me gustaría escribir un libro.

—¿Sí? —respondió Luke.

—Le advierto que podría, y que por cierto sería muy interesante. Me he cruzado con personas muy importantes. La dificultad estriba en que no he tenido tiempo. Soy un hombre muy ocupado.

—Desde luego debe de serlo.

—No se imagina la carga que pesa sobre mis espaldas —dijo lord Whitfield—. Me intereso personalmente por todas nuestras publicaciones. Me considero responsable de la formación de la opinión pública. La semana que viene, millones de seres pensarán y sentirán exactamente como yo he querido que piensen y sientan. Es una cosa seria y de mucha responsabilidad. La responsabilidad ni me asusta ni la temo. Puedo afrontarla.

Lord Whitfield sacó pecho, procuró meter tripa y miró a Luke con simpatía.

—Eres un gran hombre, Gordon. —Bridget habló con ligereza—. Toma un poco más de té.

—Soy un gran hombre —respondió simplemente—. No, no quiero más té.

Luego, tras descender de sus alturas olímpicas hasta el nivel de los mortales, preguntó a su huésped:

—¿Conoce a alguien de esta parte del globo?

Luke negó con la cabeza. Entonces, llevado por un impulso y considerando que cuanto antes empezara su trabajo mejor, replicó:

—Pero vive aquí una persona a la que he prometido visitar, el amigo de un amigo. Se llama Humbleby. Es médico.

—¡Oh! —Lord Whitfield se irguió en su butaca—. ¿El doctor Humbleby? ¡Qué lástima!

—¿Por qué es una lástima?

—Murió hace una semana —dijo el lord.

—¡Dios mío! —respondió Luke sorprendido—. ¡Cuánto lo siento!

—No creo que le hubiese resultado simpático —replicó lord Whitfield—. Era un viejo idiota testarudo, cargante y atolondrado.

—Lo que significa —intervino Bridget— que no estaba de acuerdo con Gordon.

—Por la cuestión de los depósitos de agua —dijo lord Whitfield—. Le aseguro que soy un hombre entregado por entero a la comunidad. Me tomo muy en serio el bienestar de este pueblo. Yo nací aquí. Sí, en este pueblo.

Mortificado, Luke se percató de que se habían desviado del tema del doctor Humbleby para volver al de lord Whitfield.

—No me avergüenzo de ello, ni me importa que se sepa —proseguía el caballero—. No tuve ninguna de sus ventajas. Mi padre tenía una zapatería. Sí, una vulgar zapatería, y yo despachaba en ella cuando era joven. Me hice a mí mismo con mi propio esfuerzo, Fitzwilliam, y me propuse salir de la rutina y lo conseguí. La perseverancia, el trabajo duro y la ayuda de Dios lo permitieron. Esas cosas han hecho de mí lo que soy en la actualidad.

Y lord Whitfield se extendió en detalles y más detalles sobre su carrera en honor de Luke, hasta concluir:

—Aquí me tiene, y todo el mundo sabe cómo he llegado hasta aquí. No me avergüenzo de mis comienzos, no señor, y he vuelto a mi pueblo natal. ¿Sabe lo que han construido en lo que fue la tienda de mi padre? Pues un hermoso edificio erigido y pagado por mí para el instituto y el club de los muchachos, todo de primera y a la última. ¡Contraté al mejor arquitecto del país! Debo confesar que hizo un trabajo muy sencillo. Parece una prisión o una fábrica, pero dicen que está bien, así que supongo que debe de estarlo.

—Anímate —dijo Bridget—. ¡Esta casa la has hecho a tu gusto!

Lord Whitfield se rio complacido.

—Sí, quisieron llevarme la contraria y mantener el estilo primitivo del edificio. Pero yo les dije: «¡Voy a vivir en esta casa y quiero que sea algo digno de mi posición!».

Cuando un arquitecto no hacía lo que yo quería, buscaba otro. El último interpretó mis deseos a las mil maravillas.

—Hizo realidad tu pésimo gusto —dijo Bridget.

—Ella quería que la dejase tal como estaba. —Le acarició una mano—. No hay que vivir en el pasado, querida. ¡Nuestros antepasados no sabían nada! Yo no quería una casa sencilla. Siempre soñé con un castillo y, por tanto, di *carte blanche* a un buen decorador para el interior. Y debo confesar que no lo hicieron del todo mal, aunque algunas cosas son un poco grises.

—Bueno —intervino Luke un tanto cortado—, es estupendo saber lo que se quiere.

—Y acostumbro a conseguirlo —dijo el otro riendo.

—Aunque por poco no lo logras cuando lo del problema del agua —le recordó Bridget.

—¡Oh, eso! Humbleby era un insensato. Esos hombres mayores tienen tendencia a ser muy testarudos. No atienden a razones.

—El doctor Humbleby era un hombre que no se callaba nada, ¿verdad? —se aventuró a decir Luke—. Y supongo que eso le granjeó muchos enemigos.

—No, yo no diría eso —refunfuñó lord Whitfield, que se frotó la nariz—. ¿No es así, Bridget?

—Era muy popular —dijo esta—. Solo lo vi una vez que me torcí un tobillo, pero me pareció muy agradable.

—Sí, era muy popular entre todo el mundo —admitió Gordon—. Aunque yo sé de dos personas que no podían verlo, también por su testarudez.

—¿Viven aquí esas personas?

Lord Whitfield asintió.

—Hay muchas pequeñas disputas y camarillas en un sitio como este.

—Me lo imagino —respondió Luke sin saber cómo proseguir—. ¿Qué clase de gente vive aquí principalmente?

Era una pregunta un poco tonta, pero obtuvo una respuesta inmediata.

—La mayoría viudas —dijo Bridget—. Hijas de pastores, hermanas y esposas. Unas seis mujeres por cada hombre.

—Pero hay algunos hombres, ¿no? —aventuró Luke.

—Oh, sí, el señor Abbot, el procurador; el joven doctor Thomas, colega del doctor Humbleby; el señor Wake, el párroco, y... ¿quién más, Gordon? ¡Ah! El señor Ellsworthy, el dueño de la tienda de antigüedades y que es tan... tan encantador. Y el comandante Horton y sus bulldogs.

—Hay alguien más que mencionaron mis amigos —dijo Luke—. Dijeron que era una anciana muy simpática que hablaba por los codos.

Bridget se echó a reír.

—Esa es la descripción de la mitad de los habitantes de este pueblo.

—¿Cuál era su nombre? Ya me acuerdo: Pinkerton.

Lord Whitfield dijo con una risotada:

—La verdad es que no tiene usted suerte. También ha fallecido. La atropellaron el otro día en Londres.

—Al parecer hay muchas muertes por aquí —dijo Luke.

—En absoluto —rechazó en el acto lord Whitfield—. Este es uno de los lugares más saludables de Inglaterra. Los accidentes no cuentan. Pueden sucederle a cualquiera.

—A decir verdad, Gordon —dijo Bridget pensativa—, ha habido muchas muertes este último año. Siempre estamos asistiendo a funerales.

—¡Qué tontería, querida!

—¿La muerte del doctor Humbleby también fue un accidente? —preguntó Luke.

Lord Whitfield negó con la cabeza.

—¡Oh, no! Murió de septicemia, como corresponde a un médico. Se hizo un rasguño en el dedo con un clavo oxidado, no le dio importancia y se le infectó. Falleció a los tres días.

—Sí, los médicos acostumbran a ser así —opinó Bridget—. Y claro, están muy expuestos a una infección si no toman las debidas precauciones. Fue una lástima. Su esposa está destrozada.

—De nada sirve rebelarse contra la Providencia —sentenció lord Whitfield tan tranquilo.

Pero ¿fue voluntad de la Providencia? Luke se hizo esta pregunta mientras se vestía para la cena. «¿Septicemia? Podría ser. Aunque, de todos modos, fue una muerte muy repentina.»

Y en su cabeza volvieron a sonar las palabras de Bridget: «Ha habido muchas muertes este último año».

Capítulo 4

Luke empieza su tarea

Luke había preparado su plan con sumo cuidado y se dispuso a ponerlo en práctica sin más demora cuando bajó a desayunar a la mañana siguiente.

La tía jardinera brillaba por su ausencia, pero lord Whitfield estaba dando buena cuenta de un plato de riñones y una taza de café, y Bridget Conway, que ya había terminado, se hallaba de pie junto a la ventana.

Después de intercambiar los «buenos días» de rigor, y una vez sentado ante un abundante plato de huevos con jamón, Luke se dirigió a ellos del siguiente modo:

—He de comenzar mi trabajo. Lo difícil es hacer hablar a la gente..., ya saben a quién me refiero. No a las personas como usted y Bridget. —Evitó por los pelos decir la señorita Conway—. Ustedes me dirían todo lo que supieran, pero el caso es que seguramente ignoren lo que yo deseo saber, que son las supersticiones de este lugar. No me creerían si les contase la cantidad de supersticiones que existen en algunas partes del mundo. Por ejemplo, en el pueblecito de Devonshire, el pastor tuvo que retirar unos menhires que se encontraban junto a la iglesia porque la gente seguía dando vueltas a su alrededor cada vez que alguien moría. Es extraordinario cómo persisten algunos viejos ritos paganos.

—Creo que tiene usted razón —respondió lord Whitfield—. Lo que la gente necesita es educación. ¿Le dije que he fundado una biblioteca en esta localidad? Era una vieja casa feudal, la vendían por una baratija, y ahora es una de las mejores bibliotecas...

Luke se mantuvo firme e intentó evitar que la conversación girara en torno a las actividades de lord Whitfield.

—¡Espléndido! —dijo de corazón—. Buen trabajo. Veo que ha comprendido la ignorancia en que viven aquí. Claro que, desde mi punto de vista, es eso lo que quiero: costumbres ancestrales, comentarios de las viejas y referencias de los antiguos ritos, tales como...

Y en este punto les repitió, casi al pie de la letra, un texto que había estudiado para la ocasión.

—Los fallecimientos son una buena fuente de información —concluyó Luke—, los ritos y costumbres funerarias perduran más que otros. Además, no sé por qué razón a la gente de los pueblos le gusta tanto hablar de muertes.

—Les divierten los funerales —agregó Bridget desde la ventana.

—Creo que comenzaré por ahí —continuó Luke—.

Si puedo conseguir una lista de las últimas defunciones en la parroquia, pienso visitar a los parientes y hacerles hablar. Y no dudo de que pronto obtendré una pista de lo que ando buscando. ¿Creen que el pastor podrá darme esos datos?

—Seguramente todo eso le interesará al señor Wake —dijo Bridget—. Es una persona encantadora y muy aficionado a las antigüedades. Espero que pueda darle mucha información.

Luke permaneció unos momentos en silencio mientras rogaba para sus adentros que el pastor no fuera tan experto como para descubrir su engaño.

—Bien —repuso con entusiasmo—. Ustedes no tendrán idea de las personas que murieron este pasado año, imagino.

Bridget murmuró:

—Déjeme pensar. Carter, sí, claro, era el dueño de una tabernucha que hay cerca del río llamada Seven Stars.

—Era un borrachín —dijo lord Whitfield—. Uno de esos socialistas ordinarios y ofensivos. Nos libramos de un indeseable.

—Y la señora Rose, la lavandera —prosiguió Bridget—. Luego el pequeño Tommy Pierce, que, por decirlo de algún modo, era un muchacho antipático. Ah, y aquella chica, Amy como-se-llame.

Su voz cambió ligeramente de tono al pronunciar este nombre.

—¿Amy? —preguntó Luke.

—Amy Gibbs. Fue nuestra doncella, pero luego se

marchó a casa de la señorita Waynflete. Se estuvo investigando su muerte.

—¿Por qué?

—Porque la muy tonta se confundió de botella en la oscuridad —dijo lord Whitfield.

—Se tomó el tinte para sombreros en vez del jarabe para la tos —aclaró Bridget.

Luke enarcó las cejas.

—Una tragedia.

—Corría el rumor de que se lo tomó adrede —comentó Bridget—. Un desengaño amoroso con un muchacho —dijo despacio, casi de mala gana.

Se hizo un silencio. Luke sintió instintivamente la presencia de un sentimiento del que no le hablaban.

«¿Amy Gibbs? —pensó—. Sí, ese es uno de los nombres que oí mencionar a la señorita Pinkerton.»

También le había hablado de un muchacho, Tommy no-sé-qué, del que evidentemente no tenía en buen concepto, y en esto por lo visto coincidía con Bridget. Y sí, también estaba casi seguro de haberle oído mencionar a Carter.

Se levantó y dijo en tono risueño:

—Esta conversación me hace sentir un poco vampiro, como si solo pensara en los cementerios. Las ceremonias nupciales también son interesantes, pero es muy difícil hablar de ello sin conocer a las personas.

—Me figuro que sí —respondió Bridget con una leve sonrisa.

—Las maldiciones y hechizos son otro punto interesante —prosiguió Luke mientras intentaba demostrar entusiasmo—. En estos lugares, se encuentran con frecuencia. ¿Saben de algún chisme de esta clase?

Lord Whitfield negó lentamente con la cabeza, y Bridget contestó:

—No acostumbramos a prestar atención a ciertas cosas.

Luke siguió con esa idea antes de que concluyera:

—No lo dudo, tendré que moverme en otro ambiente social más bajo para conseguir lo que deseo. Primero iré a la casa del párroco a ver lo que pueden contarme allí. Luego, tal vez visite esa taberna, la Seven Stars. Se llama así, ¿no? ¿Y qué me dicen del muchacho antipático? ¿Tenía parientes?

—La señora Pierce tiene un estanco y una papelería en High Street.

—Esto es poco menos que una suerte —dijo Luke—. Bueno, ya me voy.

Bridget se apartó de la ventana con un movimiento rápido.

—Si no le molesta, iré con usted.

—Claro que no.

Habló con toda la sinceridad posible, pero se preguntó si ella había advertido su sorpresa.

Le habría sido más fácil la entrevista con el pastor sin la presencia de una inteligencia como la de Bridget.

«Está bien —pensó para sí—. Tendré que representar mi papel de un modo convincente.»

—Luke, ¿le importa esperar a que me cambie de zapatos?

Oírle pronunciar su nombre de pila con tal naturalidad le produjo un sentimiento muy dulce y, sin embargo, ¿cómo debió haberlo llamado si no? Puesto que habían acordado hacerse pasar por primos, era natural que no lo llamase señor Fitzwilliam. Y de pronto se preguntó inquieto: «¿Qué pensará ella de todo esto?».

Era extraño que no se hubiese preocupado hasta ese momento. La prima de Jimmy había sido una solución abstracta. No pensó en ella, se limitó a aceptar la opinión de su amigo cuando dijo que Bridget lo ayudaría.

Se la había imaginado, si es que en algún momento lo había hecho, como una de esas secretarias rubias, lo suficientemente lista como para pescar a un hombre rico.

En vez de eso, era voluntariosa, inteligente, poseía un cerebro privilegiado e ignoraba lo que la muchacha pensaba de él. «No es una persona fácil de engañar», se dijo.

—Ya estoy lista.

Se había acercado con tanto sigilo que él no se dio cuenta. Iba sin sombrero y con el cabello suelto. Al salir de la casa, el viento que soplaba en la esquina de aquella monstruosidad almenada se lo alborotó alrededor del rostro.

—Me necesita para que le enseñe el camino —le dijo con una sonrisa.

—Es usted muy amable —contestó ella puntillosamente.

¿Eran imaginaciones suyas o la había visto sonreír con ironía?

Miró la casa que dejaban a sus espaldas y comentó:

—¡Qué detestable! ¿Es que nadie fue capaz de detenerlo?

—Para un inglés, su casa es su castillo —respondió Bridget—. Ese es el caso de Gordon y está encantado con ella.

Consciente de que su comentario era de mal gusto, pero sin poder contenerse, dijo:

—Era la casa de sus antepasados, ¿verdad? ¿A usted también le «encanta» verla así?

Ella lo miró divertida.

—No quisiera desilusionarlo —murmuró—. Pero me fui de ella a los dos años y medio, así que la nostalgia del viejo hogar no se aplica aquí. Ni siquiera recuerdo cómo era.

—Tiene usted razón —dijo Luke—. Perdone si me he puesto un poco melodramático.

La muchacha se echó a reír.

—La verdad casi nunca es romántica.

Había un súbito tono de amargo desprecio en su voz. Enrojeció bajo el tono bronceado de su piel, y entonces comprendió que aquella amargura no iba dirigida a él, sino a sí misma. Luke guardó silencio, pero hubiese querido saber muchas más cosas de Bridget Conway.

Tardaron cinco minutos en llegar a la iglesia y pasaron a la casa del párroco, donde encontraron al pastor.

Alfred Wake era un hombre encorvado y menudo de ojos azules e inocentes, con un aire de profesor distraído, pero cortés. Pareció complacido, aunque algo sorprendido por la visita.

—El señor Fitzwilliam se hospeda con nosotros en

Ashe Manor —le dijo la joven—, y desea consultarle algunos datos para un libro que está escribiendo.

El señor Wake dirigió su mirada tranquila e inquisitiva hacia Luke, que empezó a explicarse.

Estaba muy nervioso por partida doble. En primer lugar, porque aquel hombre debía de saber mucho más sobre folclore, ritos y costumbres supersticiosas que lo poco que él había aprendido tras la lectura rápida de unos cuantos libros y, en segundo lugar, porque Bridget estaba a su lado escuchando.

Luke se sintió aliviado al saber que la especialidad del pastor eran las ruinas romanas y al oírle confesar que entendía muy poco de costumbres medievales y brujería. Mencionó algunos hechos ocurridos en Wychwood y se ofreció a acompañarlo hasta la colina donde se decía que se celebraban los aquelarres, pero se lamentó de no poder darle ninguna información especial.

Luke, disimulando su satisfacción, trató de parecer desilusionado y luego comenzó a preguntarle sobre las supersticiones relacionadas con la muerte.

El señor Wake negó con la cabeza.

—Me temo que soy la última persona que puede explicarle historias sobre este particular. Mis feligreses procuran que no llegue a mis oídos nada poco ortodoxo.

—Claro, es lógico.

—Pero, sin embargo, tenga la certeza de que aún existen muchas supersticiones. Estos pueblos están muy atrasados.

Luke prosiguió sin parar mientes:

—Le he pedido a la señorita Conway una lista de las últimas defunciones. Creo que de ese modo podré obtener algunos datos. Tal vez tenga usted a bien dármela y así podré escoger a los que más encajan.

—Sí, sí, eso puede arreglarse. Gil, el sepulturero, lo ayudará. Es un buen hombre, aunque está muy sordo. Déjeme que piense. Ha habido bastantes fallecimientos, demasiados, ya lo creo: tuvimos un invierno muy crudo y una primavera muy mala, y muchos accidentes. Hemos tenido una racha de mala suerte.

—Algunas veces se atribuye la mala suerte a la presencia de una persona determinada.

—Sí. Recuerde la historia de Jonás. Pero yo no creo que hubiese ningún forastero ni nadie que destacase en ese sentido. Tampoco he oído ningún rumor a este respecto, pero, repito, eso puede pasarme inadvertido. Déjeme ver, hace poco murió el doctor Humbleby y la pobre Lavinia Pinkerton. Una bellísima persona el doctor Humbleby.

—El señor Fitzwilliam conoce a unos amigos suyos —intervino Bridget.

—¿Es cierto? ¡Algo muy triste! Su muerte será muy sentida. Tenía muchos amigos.

—Pero seguramente también enemigos —dijo Luke—. Solo repito lo que oí decir a mi amigo —aclaró con rapidez.

El señor Wake suspiró.

—Era un hombre que decía lo que pensaba, y sería justo afirmar que no tenía mucho tacto. Eso no es del agrado de todo el mundo. Pero era muy querido entre las clases humildes.

—¿Sabe? Yo creo que uno de los factores con que hay que contar en esta vida es que cada muerte reporta un beneficio para alguien, y no me refiero solo monetariamente —dijo Luke con tono despreocupado.

El pastor asintió pensativo.

—Sí, comparto su punto de vista. Leemos en las esquelas que sus parientes están desconsolados, pero me temo que eso pocas veces es cierto. En el caso del doctor Humbleby es innegable que su colega, el doctor Thomas, mejorará de posición.

—¿A qué se debe eso?

—Thomas, según creo, vale mucho. Por cierto, Humbleby siempre lo decía, pero aquí no le iban muy bien las cosas. Me imagino que Humbleby le hacía sombra, porque era un hombre de una gran personalidad. A su lado, su colega parecía un tanto desdibujado y no impresionaba a los pacientes. Eso le preocupaba y lo empeoraba todo más si cabe: lo hacía más nervioso y reservado. A decir verdad, ya he notado una gran diferencia. Tiene más aplomo, más personalidad. Creo que ha recobrado la confianza en sí mismo. Muchas veces no se ponían de acuerdo. Thomas era partidario de los tratamientos modernos y, en cambio, Humbleby prefería los métodos antiguos. Tuvieron más de una discusión por eso y por otro asunto más íntimo. Pero eso último solo son chismes y yo no debo hablar tanto.

—Creo que al señor Fitzwilliam le gustaría escucharlos —dijo Bridget con voz baja y clara.

Luke le dirigió una mirada inquieta.

El pastor movió la cabeza sin saber qué partido tomar y, al fin, prosiguió sonriendo:

—Me temo que uno se acostumbra a interesarse demasiado por los asuntos de sus vecinos. Rose Humbleby es una muchacha muy bonita, no es de extrañar que Geoffrey Thomas perdiera la cabeza por ella. El punto de vista de Humbleby era también muy comprensible. La muchacha es joven y en este pueblo apartado no hay muchos hombres.

—¿Se oponía? —dijo Luke.

—Ya lo creo. Decía que eran muy jóvenes. Y, naturalmente, a la gente joven le disgusta que se lo digan. Entre los dos hombres existía una tirantez evidente. Pero me atrevo a asegurar que el doctor Thomas lo sintió mucho cuando se produjo la muerte inesperada de su colega.

—De septicemia, me comentó lord Whitfield.

—Sí, un rasguño sin importancia que se infectó. Los médicos corren muchos riesgos en su profesión, señor Fitzwilliam.

—Sí, desde luego —respondió Luke.

El señor Wake se sobresaltó de pronto.

—Pero ¡nos hemos apartado de la cuestión! Soy un viejo chismoso. Hablábamos de los ritos paganos y de las últimas muertes. Sí, también falleció Lavinia Pinkerton, una de nuestras feligresas más bondadosas y solícitas. Luego esa pobre muchacha, Amy Gibbs. Puede que le interese, señor Fitzwilliam. ¿Sabe? Se sospechó que pudo haberse suicidado. Existen unos ritos supersticiosos especiales para esos casos. Una tía suya, no demasiado simpática y poco amante de su sobrina, aunque muy charlatana, vive aquí.

—Es un dato valioso —replicó Luke.

—Luego, Tommy Pierce. Había formado parte del coro: poseía una voz angelical. Pero él no lo era tanto, por desgracia. Tuvimos que prescindir de él porque revolucionaba a los otros niños. Pobre chico, me parece que en ninguna parte era bien recibido. Lo despidieron de la oficina de correos, donde le encontramos trabajo como mensajero. Estuvo algún tiempo en la oficina del señor Abbot, pero también fue despedido, creo que por curiosear unos documentos confidenciales. Luego trabajó en Ashe Manor como aprendiz de jardinero. ¿No es cierto, señorita Conway? Y lord Whitfield acabó despidiéndolo por su impertinencia. Lo sentí por su madre, que es una mujer honrada y trabajadora. La señorita Waynflete le ofreció un empleo: consistía en limpiar los cristales de las ventanas. Fue muy amable. Al principio lord Whitfield se opuso, pero al final cedió, y es una lástima que lo hiciera.

—¿Por qué?

—Porque así fue como se mató el chico. Estaba limpiando las ventanas del último piso de la biblioteca cuando se puso a bailar una danza estúpida en un alféizar o algo parecido. Perdió el equilibrio, o le daría vértigo, y cayó. ¡Qué desgracia! No recobró el conocimiento y murió pocas horas después de que lo trasladaran al hospital.

—¿Lo vieron caer? —preguntó Luke interesado.

—No. Estaba en la parte del jardín, no en la parte delantera. Se cree que estuvo tirado en el suelo una media hora hasta que lo encontraron.

—¿Quién lo descubrió?

—La señora Pinkerton. La dama que murió en un accidente de circulación el otro día. Pobre mujer. Estaba trastornada. ¡Vaya un hallazgo! Le habían dado permiso para cortar algunas plantas y se encontró al muchacho tal como había caído.

—Debió de suponerle una conmoción terrible —dijo Luke meditativo.

«Ya lo creo —se dijo para sí—, más de lo que se figura.»

—Ver truncada una vida joven es muy desagradable —siguió diciendo el pastor—. Quizá muchas de las faltas de Tommy debiéramos atribuirlas a su impetuosidad.

—Era un bravucón insolente —dijo Bridget—. Usted sabe que es cierto, señor Wake. Siempre atormentaba a los gatos y a los cachorros, y pellizcaba a los otros muchachos.

—Lo sé, lo sé. —El pastor movió la cabeza con tristeza—. Pero usted ya sabe, mi querida señorita Conway, que algunas veces la crueldad no es innata, sino el resultado de una falta de madurez intelectual. Por eso, si usted imagina a un hombre adulto con la mentalidad de un niño, comprenderá que la malicia y la brutalidad son completamente desconocidas para el loco. Estoy convencido de que hoy en día un desarrollo deficiente es la raíz de la irracionalidad y cruel-

dad del mundo. Deben dejarse a un lado los infanti-
lismos.

Negó con la cabeza y extendió las manos.

—Sí, tiene usted razón —concedió Bridget con una
voz súbitamente ronca—. Sé lo que quiere decir. Un
hombre con la mentalidad de un niño es la criatura
más aterradora del mundo.

Luke la miró con curiosidad, convencido de que se
refería a alguna persona en concreto, y, aunque en algunos aspectos lord Whitfield era muy infantil, no
creía que fuese él. Lord Whitfield era un tanto ridículo, pero, desde luego, no era aterrador.

Luke Fitzwilliam se preguntó, muy interesado,
quién sería esa persona.

Capítulo 5

Una visita a la señorita Waynflete

El señor Wake musitaba algunos nombres.

—Veamos quién más: la pobre señora Rose, el viejo Bell y el niño de los Elkins, y Harry Carter. No todos eran de mi parroquia. La señora Rose y Carter eran disidentes. Y la racha de frío que tuvimos en marzo se llevó al fin al viejo Benjamin Stanbury; tenía noventa y dos años.

—En abril murió Amy Gibbs —dijo Bridget.

—Sí, pobre muchacha, una equivocación lamentable.

Luke alzó la vista y vio que Bridget lo observaba. Al verse sorprendida, desvió la mirada.

«Aquí hay algo que tengo que averiguar —pensó el joven, contrariado—, y que está relacionado con Amy Gibbs.»

Se despidieron del pastor y, en cuanto estuvieron en el exterior, Luke preguntó:

—¿Quién era Amy Gibbs?

Bridget tardó unos momentos en contestar y, cuando lo hizo, Luke detectó cierta reserva en su voz:

—Amy era una de las doncellas más ineptas que he conocido.

—¿Y por eso la despidieron?

—No. Cuando no estaba de servicio se pasaba las horas coqueteando con un joven. Gordon tiene principios morales y algo anticuados. Según él, los pecados se cometen solo después de las once de la noche, cuando comienza el desenfreno. Así se lo dijo y ella se puso muy impertinente.

—¿Era bonita? —preguntó Luke.

—Mucho.

—¿Es la que confundió el tinte para sombreros con el jarabe para la tos?

—Sí.

—Es una confusión bastante tonta —dijo Luke.

—Una gran estupidez.

—¿Ella lo era?

—No, era una muchacha muy lista.

Luke estaba perplejo. Sus respuestas tenían todas el mismo tono indiferente. Pero, detrás de sus palabras, ocultaba algo.

En aquel momento, la joven se detuvo para hablar con un hombre alto que se quitó el sombrero y la saludó cordialmente.

Tras intercambiar unas palabras, le presentó a Luke.

—Él es mi primo, el señor Fitzwilliam, que está pasando una temporada en casa. Ha venido para escribir un libro. Luke, él es el señor Abbot.

Lo contempló con interés. Era el abogado que había empleado a Tommy Pierce.

Luke sentía cierto recelo contra los abogados en general, basado en que la mayoría de los políticos pertenecían a dicha profesión. También le enfurecía su excesiva prudencia y la costumbre de no comprometerse. Sin embargo, el señor Abbot no parecía un abogado al uso: no era ni delgado ni reservado, sino un hombre corpulento, vestido con elegancia, de modales corteses y efusiva jovialidad. Sus ojos estaban rodeados de pequeñas arrugas y eran más astutos de lo que uno habría dicho a primera vista.

—¿Así que está escribiendo un libro? ¿Una novela?

—Costumbrista —respondió Bridget.

—Entonces ha dado usted con el sitio adecuado —dijo el señor Abbot—. Esta parte del mundo es muy interesante.

—Eso tengo entendido —repuso Luke—. Creo que aquí pueden ayudarme mucho. Sin duda usted habrá visto algunos documentos antiguos curiosos o sabrá de algunas costumbres interesantes que todavía perduran.

—Pues yo no sabría decirle, pero puede que...

—¿Creen en los espíritus? —le preguntó Luke.

—La verdad es que no lo sé.

—¿Existen las casas encantadas?

—No, no que yo sepa.

—Y la superstición, ya debe conocerla —dijo Luke—, del niño muerto. Si un niño fallece de muerte violenta, dicen que vagará eternamente, pero si es una niña, no. Interesante superstición, ¿verdad?

—Mucho —dijo el señor Abbot—. No lo había oído nunca.

No era extraño, puesto que Luke lo acababa de inventar.

—Parece ser que tuvo empleado en su oficina a ese Tommy no-sé-cuántos. Tengo razones para creer que se piensa que sigue entre nosotros.

El rostro colorado del señor Abbot se tornó púrpura.

—¿Tommy Pierce? Era un gandul, un mequetrefe entrometido, un fisgón.

—Los espíritus siempre hacen travesuras. Los buenos ciudadanos, cuando mueren, no vuelven a molestar en este mundo.

—¿Qué significa esa historia? ¿Quién lo ha visto?

—Estas cosas son difíciles de atribuir a alguien en concreto —dijo Luke—. La gente no lo pregona, pero es algo que se palpa en el ambiente.

—Sí, sí, claro.

Luke cambió de tema.

—La persona más indicada para ayudarme es el médico. Los médicos se enteran de muchas cosas cuando visitan a los pobres: de toda clase de supersticiones, amuletos, hechizos amorosos y demás extravagancias.

—Debe ver usted al doctor Thomas. Es un buen muchacho, muy moderno. No como el pobre Humbleby.

—Era algo conservador, ¿verdad?

—Era muy testarudo, un cabezota de los peores.

—Tuvieron ustedes una discusión a causa del proyecto relacionado con el agua, ¿verdad?

El señor Abbot enrojeció otra vez.

—Humbleby se oponía a los adelantos del progreso. No quiso aprobar el proyecto. Me dijo cosas muy desagradables. No midió sus palabras. Podría haberle demandado por algunas de las cosas que dijo.

—Pero los abogados nunca recurren a la ley —murmuró Bridget—. Ellos saben más, ¿no es así?

Abbot se echó a reír. Su enojo cesó tan repentinamente como había aparecido.

—¡Esa ha sido buena, señorita Bridget! No anda muy equivocada. Los que estamos siempre entre leyes sabemos demasiado. ¡Ja, ja! Bueno, tengo que irme. Telefonéeme si cree que puedo ayudarlo en algo, señor...

—Fitzwilliam —dijo Luke—. Gracias, así lo haré.

Siguieron caminando y Bridget comentó:

—Por lo que veo, su método consiste en dar las cosas por hechas y ver las reacciones que provocan.

—Lo que usted quiere decir es que mis métodos no son muy honestos. ¿No es eso?

—Esa ha sido mi impresión.

Con ligero desasosiego pensó lo que iba a contestarle, pero, antes de que pudiera hablar, lo hizo ella:

—Si le interesa saber más acerca de Amy Gibbs, puedo acompañarlo a ver a una persona que podría ayudarlo.

—¿Quién es?

—La señorita Waynflete. Amy trabajó en su casa cuando dejó Ashe Manor y fue allí donde murió.

—Ah, ya. —Luke estaba algo sorprendido—. Me parece bien, muchas gracias.

—Vive aquí mismo.

Se hallaban en el prado del pueblo y, al inclinar la cabeza para indicarle la gran casa georgiana que Luke había observado el día anterior, Bridget le dijo:

—Esto es Wych Hall. Ahora es la biblioteca.

Al lado se alzaba una casita que, comparada con la otra, parecía de juguete. Los escalones blancos resplandecían, los picaportes brillaban y las cortinas de las ventanas se veían inmaculadas.

Bridget empujó la puerta del jardín y subió los escalones de la entrada. Antes de que llamara, se abrió la puerta y salió una mujer mayor.

A Luke le pareció la típica solterona rural. Cubría su cuerpo delgado con una falda, una chaqueta de *tweed* y una blusa de seda gris con un broche de cuarzo ahumado, y llevaba el sombrero de fieltro encasquetado en la cabeza esbelta. Su rostro era agradable y sus ojos denotaban inteligencia a través de los cristales de sus gafas. Le recordó esos chivos negros que se ven en Grecia. Su mirada expresaba una ingenua sorpresa.

—Buenos días, señorita Waynflete —le dijo Bridget—. Le presento al señor Fitzwilliam. —Luke saludó—. Está escribiendo un libro sobre los fallecimientos y costumbres del pueblo y otras cosas espantosas.

—Oh, vaya, ¡qué interesante!

Y lo contempló con admiración. A Luke le recordó a la señorita Pinkerton.

—He pensado —dijo Bridget, y de nuevo él notó en su voz un curioso matiz de indiferencia— que usted podría contarle algo sobre Amy.

—¡Ah! —exclamó la señorita Waynflete—. ¿De Amy? Sí.

Observó una nueva expresión en su rostro. La mujer parecía estar estudiándolo a fondo. Al fin, como si hubiese tomado una decisión, los hizo pasar al vestíbulo.

—Entren, hagan el favor. Ya saldré más tarde. No, no —dijo en respuesta a las protestas del joven—. En realidad, no tengo nada que hacer con urgencia. Solo unas compras.

La salita estaba limpia, ordenada y olía a lavanda. Sobre la repisa de la chimenea había varias figurillas de porcelana de pastores de sonrisa bobalicona. Varias acuarelas, dos tapices y tres bordados adornaban las paredes. Había algunas fotos de sobrinos y sobrinas. Algunos muebles eran buenos: había un escritorio Chippendale, una mesita de palisandro y un siniestro sofá victoriano bastante incómodo.

La señorita Waynflete los invitó a sentarse en dos sillas y luego dijo a modo de disculpa:

—Como yo no fumo, no tengo cigarrillos que ofrecerles, pero pueden fumar si lo desean.

Luke no hizo uso del permiso, pero Bridget sacó enseguida un cigarrillo y lo encendió.

La señorita Waynflete, sentada muy tiesa en una silla con los brazos tallados, estudió a su invitado durante unos instantes hasta que bajó la mirada, satisfecha de su examen.

—¿Desea conocer cosas sobre la pobre Amy? Todo el asunto fue muy triste y nos produjo una gran angustia. Fue una trágica equivocación.

—¿No fue un suicidio? —preguntó Luke.

—No, no, no lo creí ni por un momento. Amy no era ese tipo de persona.

—¿A qué tipo pertenecía? —inquirió Luke bruscamente—. Me gustaría conocer su opinión.

—Pues la verdad es que no era una buena doncella, pero hoy en día uno ya se conforma con conseguir a alguien. Descuidaba su trabajo y siempre estaba dispuesta a salir; claro que era joven y ahora todas las chicas son así. No comprenden que su tiempo pertenece a sus señores.

Luke adoptó la expresión adecuada y la señorita Waynflete se dispuso a desarrollar el tema.

—No era de las muchachas que me suelen gustar. Era demasiado atrevida, aunque no quiero hablar mal de ella ahora que ha muerto. No es de buen cristiano, aunque no veo ninguna razón para ocultar la verdad.

Luke asintió, pensando que la señorita Waynflete se diferenciaba de la señorita Pinkerton en que demostraba más lógica y meditaba bien las cosas.

—Deseaba que la admiraran —prosiguió la señorita Waynflete—, y siempre estaba pendiente de sí misma. El señor Ellsworthy, el que tiene la nueva tienda de antigüedades, pero que es todo un caballero, es aficionado a las acuarelas y también hizo uno o dos bocetos de la muchacha, y creo que aquello le dio otras ideas. Comenzó a reñir con su prometido: Jim Harvey. Es mecánico, trabaja en el garaje y la quería mucho.

Hizo una pausa antes de proseguir:

—Nunca olvidaré aquella horrible noche. Amy estaba indispuesta, tenía mucha tos. Con esas medias de seda baratas y esos zapatos con suelas que parecen de papel, no me extraña que pillen resfriados, y aquella tarde fue a ver al médico para que le recetase algo.

—¿Al doctor Humbleby o al doctor Thomas? —preguntó Luke con rapidez.

—Al doctor Thomas. Y él le dio un jarabe para la tos, completamente inocuo, según creo. Se acostó temprano y, sobre la una de la madrugada, empecé a oír unos quejidos horribles. Me levanté y fui hasta su cuarto, pero tenía la puerta cerrada por dentro. La llamé, pero no respondió. La cocinera estaba conmigo y las dos nos asustamos mucho. Nos dirigimos a la puerta de la casa y, por suerte, en aquel momento pasaba por allí Reed, el agente de policía, y lo llamamos. Rodeó la casa y se las arregló para subir hasta su ventana. Y, como estaba abierta, entró y nos abrió la puerta. Pobre chica. Fue terrible. No pudieron hacer nada por ella y murió pocas horas después en el hospital.

—¿Y fue por ese tinte para sombreros?

—Sí. Dijeron que murió envenenada por ácido oxálico. La botella era más o menos del mismo tamaño que la del jarabe. Esta estaba en su lavabo y la del tinte al lado de la cama. Debió de cogerla por equivocación y la dejó allí para poder tomarse el jarabe a oscuras si se encontraba mal. Esa fue la hipótesis de la investigación.

La señorita Waynflete hizo una pausa. Sus ojillos inteligentes de cabra lo miraron con cierta intención que no supo descifrar. Tuvo el presentimiento de que no le contaba toda la historia y la sensación de que, por alguna razón, quería que él fuera consciente del hecho.

Hubo un silencio largo y un tanto incómodo. Luke se sentía como un actor que ha olvidado su papel en el momento de entrar en escena. Finalmente, sin demasiada firmeza, dijo:

—¿Y usted cree que no fue un suicidio?

—Desde luego. Si hubiese decidido matarse, lo más probable es que hubiese comprado algún veneno. Hacía años que debía de tener esa botella. Y, de todas formas, ya le he dicho que no era de esa clase de chicas.

—Entonces ¿qué es lo que usted cree? —preguntó Luke sin andarse con rodeos.

—Creo que fue un desdichado error.

Apretó los labios y lo miró con interés.

Cuando Luke pensaba que debía decir algo lo antes posible, se oyó rascar la puerta y un maullido lastimero.

La señora Waynflete se levantó para abrir la puerta, por la que entró un magnífico gato persa, que se paró para observar a los visitantes con una expresión de reproche y luego se sentó en el brazo del sillón de la señorita Waynflete.

—Dime, *Wonky Pooh*, ¿dónde ha estado mi *Wonky Pooh* toda la mañana? —preguntó la anciana con un tono arrullador.

Aquel nombre hizo vibrar una cuerda en su memoria. ¿Dónde había oído algo sobre un gato persa llamado *Wonky Pooh*?

—Es un gato muy bonito. ¿Hace mucho tiempo que lo tiene?

La señorita Waynflete negó con la cabeza.

—Oh, no, pertenecía a una antigua amiga mía, la señorita Pinkerton. La atropelló uno de esos horribles automóviles y, por supuesto, no podía consentir que *Wonky Pooh* fuese a parar a manos de un extraño. Lavinia se habría disgustado. Lo adoraba y es muy bonito, ¿no le parece?

Luke contempló al gato con seriedad.

—Hay que tener cuidado con sus orejas. Hace tiempo que le duelen —advirtió la señorita Waynflete.

Luke lo acarició con cuidado, mientras Bridget se ponía de pie.

—Debemos marcharnos.

La señorita Waynflete estrechó la mano de Luke.

—Tal vez nos volvamos a ver pronto —le dijo.

—Así lo espero —respondió Luke con jovialidad.

Le pareció que ella estaba desconcertada y algo desilusionada. Miró a Bridget de forma inquisitiva y Luke pensó que había algo entre las dos mujeres que él ignoraba, pero se propuso averiguarlo pronto.

La señorita Waynflete salió con ellos. Luke se detuvo un momento antes de bajar los escalones de la entrada para contemplar el impecable verdor del prado y el estanque de los patos.

—Este lugar es una maravilla, permanece intacto —dijo en voz alta.

El rostro de la señorita Waynflete se iluminó.

—Sí, es cierto. Está tal como lo recuerdo de niña.

¿Sabe? Vivíamos en la casa grande. Pero cuando la heredó mi hermano, no quiso instalarse allí. Como tampoco podía mantener la finca, la puso en venta. Un constructor que quería «urbanizarla», creo que se dice así, hizo una oferta. Por suerte, lord Whitfield adquirió la propiedad y la salvó para convertirla en museo y biblioteca. La verdad es que prácticamente está intacta. Yo trabajo de bibliotecaria dos veces por semana, sin sueldo desde luego, y puedo decirle el placer que se siente al estar en un sitio como ese y saber que no han hecho un estropicio. La verdad es que es perfecto. Debe visitar nuestro pequeño museo, señor Fitzwilliam. Hay algunas piezas muy interesantes.

—Por supuesto que pienso visitarlo, señorita Waynflete.

—Lord Whitfield ha sido un gran benefactor de Wychwood —dijo la señorita Waynflete—. Y lo que me apena es que haya personas tan desagradecidas.

Sus labios se unieron hasta formar una línea delgada. Luke no hizo preguntas y se despidió de nuevo.

Cuando atravesaba la verja, Bridget quiso saber:

—¿Desea continuar las averiguaciones o volver a casa por el camino del río? Es un paseo muy agradable.

Luke no tenía intención de seguir la investigación en su compañía y respondió en el acto:

—Desde luego, prefiero volver por el río.

Caminaron por High Street. En una de las últimas casas colgaba un letrero con la palabra ANTIGÜEDADES en letras doradas. Luke se detuvo y miró el lúgubre interior a través de una de las ventanas.

—Veo un plato de porcelana bastante bonito —observó—. Le gustaría a una de mis tías. ¿Cuánto cree usted que puede costarme esa pieza?

—¿Quiere que entremos a preguntarlo?

—¿No le importa? Me gusta husmear en los anticuarios. Algunas veces se encuentran verdaderas gangas.

—Pues aquí no creo que las halle —dijo Bridget con frialdad—. Ellsworthy conoce el valor exacto de todos sus objetos.

La puerta estaba abierta. En la tienda había sillas y canapés con piezas de porcelana y peltre sobre ellos. A cada lado había una habitación con más objetos en exposición.

Luke entró en la de la derecha y cogió el plato de porcelana. En aquel preciso momento una silueta difusa se adelantó desde el fondo del cuarto donde había estado sentada en su escritorio de nogal estilo reina Ana.

—Oh, querida señorita Conway, ¡cuánto celebro verla!

—Buenos días, señor Ellsworthy.

El señor Ellsworthy era un hombre joven y atractivo, vestido de color marrón, de rostro alargado y boca femenina. Llevaba el cabello largo y sus andares eran afectados.

Bridget los presentó, y el anticuario enseguida dedicó toda su atención a su cliente.

—Auténtica porcelana inglesa antigua. Delicioso, ¿verdad? Adoro todo lo que hay en mi tienda y siento que alguien lo compre. Siempre soñé con vivir en el campo y tener una tiendecita. Wychwood es un sitio maravilloso, tiene ambiente. ¿Sabe lo que quiero decir?

—Temperamento artístico —murmuró Bridget, y Ellsworthy se volvió hacia ella, agitando las manos largas y blancas

—No, por favor. No emplee esa frase, señorita Conway. No, no, se lo suplico. No me diga que me las doy de artista porque no puedo soportarlo. Claro que yo no vendo ropa ni cobre batido. Pero soy un comerciante, eso es todo, solo un comerciante.

—Pero usted es un artista, ¿verdad? —dijo Luke—. Quiero decir que usted pinta acuarelas, ¿me equivoco?

—¡¿Quién le ha dicho eso?! —exclamó el señor Ellsworthy juntando las manos—. Este lugar es maravilloso, no se puede guardar un secreto. Por eso me gusta. Es tan distinto de ese lema inhumano propio de las ciudades: «Ocúpese de sus asuntos que yo cuidaré de los míos». Los chismes y los escándalos son una delicia si uno se los toma por el lado bueno.

Luke se contentó con responder a la pregunta de Ellsworthy haciendo caso omiso del resto.

—La señorita Waynflete nos dijo que había hecho bocetos de esa muchacha: Amy Gibbs.

—¡Ah, Amy! —Dio un paso atrás y estuvo a punto de hacer caer una jarra de porcelana para la cerveza—: ¿Sí? ¡Ah, sí! Supongo que le hice un par.

Había perdido algo de su pose.

—Era una muchacha muy bonita —dijo Bridget.

El señor Ellsworthy había recobrado su aplomo.

—Ah, ¿usted cree? Yo la encontraba muy vulgar —respondió. Y prosiguió, dirigiéndose a Luke—: Tengo un par de pájaros de porcelana preciosos.

Luke fingió interés por los pájaros y preguntó el precio del plato.

Ellsworthy mencionó una cifra.

—Gracias —dijo Luke—, pero no creo que vaya a privarlo de su posesión de momento.

—¿Sabe que siempre me alegro de no vender un objeto? Qué tontería, ¿verdad? Mire, se lo dejo por una guinea menos. A usted le ha gustado, me he dado cuenta. Y eso es distinto. Después de todo, esto es una tienda.

—No, gracias —rechazó Luke.

El señor Ellsworthy los acompañó hasta la puerta, sin dejar de mover las manos. A Luke le parecieron unas manos desagradables. La piel, aunque blanca, tenía un tono ligeramente verdoso.

—¡Vaya personaje el señor Ellsworthy! —comentó Luke cuando salieron de la tienda.

—Tiene una mente tan sucia como sus hábitos —dijo Bridget.

—¿Por qué habrá venido a un sitio como este?

—Creo que practica la magia negra. No llega a hacer misas negras, pero está envuelto en ese tipo de cosas. La reputación de este pueblo lo ayuda.

—¡Madre mía, entonces es el tipo que ando buscando! —dijo Luke bastante sorprendido—. Debí haberle hablado de mis propósitos.

—¿Usted cree? Sabe bastantes cosas.

—Lo veré otro día —respondió Luke bastante inquieto.

Bridget guardó silencio. Ya estaban fuera del núcleo urbano. Siguieron un sendero y pronto llegaron al río.

Allí encontraron a un hombrecillo con un bigote tieso y ojos saltones. Lo acompañaban tres bulldogs a los que llamaba con voz áspera por turnos.

—*Nero*, ven aquí. *Nelly*, deja eso. Déjalo. Escucha lo que te digo. *Augusto*... *Augusto*... ya te he dicho...

Se interrumpió para quitarse el sombrero y saludar a Bridget. Miró a Luke con curiosidad y después continuó su camino con más gritos.

—¿Es el comandante Horton y sus perros? —preguntó Luke.

—Precisamente.

—Vaya, en una mañana hemos visto a todos los habitantes importantes de este pueblo, ¿eh?

—Casi.

—Me siento violento —prosiguió Luke—. Supongo que deben de notar que soy forastero a una milla de distancia —agregó al recordar los comentarios de Jimmy Lorrimer.

—El comandante Horton nunca disimula su curiosidad —respondió Bridget.

—Es un hombre que no puede negar que ha sido militar —dijo Luke con un tono algo desabrido.

—¿Nos sentamos un rato? —propuso Bridget de pronto—. Tenemos tiempo de sobra.

74

Se sentaron sobre un tronco caído que hacía las veces de banco y Bridget prosiguió:

—Sí. El comandante Horton tiene un aire muy castrense y unos modales cuarteleros. No se lo va a creer, pero hace un año estaba totalmente dominado por su mujer.

—¿Quién, ese individuo?

—Sí. Tenía por esposa a la mujer más desagradable que he conocido nunca. Además, contaba con dinero y no dejaba de mencionarlo en público.

—Pobre..., me refiero a Horton.

—Él la trataba muy bien, el oficial y caballero. Personalmente, no sé por qué no la mató de un hachazo.

—No debía de ser muy popular.

—Nadie la apreciaba. Se enfadó con Gordon y conmigo, y en todas partes molestaba su presencia e insolencia.

—Pero supongo que la bendita Providencia se la llevó.

—Sí, hará cosa de un año. Gastritis aguda. Fue un infierno para su esposo, el doctor Thomas y las dos enfermeras. Pero al final murió. Y en el acto se alegraron los perros.

—¡Unos animalitos inteligentes!

Se hizo un silencio. Bridget arrancaba distraídamente briznas de hierba y Luke contemplaba la orilla opuesta sin verla. Una vez más lo obsesionaba el carácter fantástico de su misión. ¿Cuánto había de real y cuánto de imaginación? ¿No era un error estudiar a todas las personas con las que se cruzaba como si fuesen posibles asesinos? Había algo degradante en ese punto de vista.

«¡Maldita sea! —pensó—. ¡He sido policía durante demasiado tiempo!»

La voz fría de Bridget lo sacó de su ensimismamiento cuando le preguntó:

—Señor Fitzwilliam, dígame la verdad: ¿a qué ha venido usted aquí?

Capítulo 6

Tinte para sombreros

A Luke le había sorprendido la pregunta en el momento de encender un cigarrillo. Su observación inesperada le paralizó la mano y permaneció inmóvil hasta que se quemó.

—¡Maldición! —gritó Luke al tiempo que arrojaba la cerilla y agitaba la mano vigorosamente—. Le ruego que me perdone. Me he sobresaltado. —Sonrió con tristeza.

—¿Sí?

—Sí. —Suspiró—. Está bien, supongo que cualquier persona inteligente me descubriría. Me imagino que no habrá creído, ni por un instante, que estoy escribiendo una novela de costumbres populares.

—Después de haberle visto, no.

—¿Y lo creyó antes?

—Sí.

—De todas formas, no era una buena excusa —admitió Luke en tono crítico—. Claro que alguien podría pretender escribir una novela, pero el hecho de venir aquí y hacerme pasar por su primo, ¿no le hizo sospechar que había gato encerrado?

Bridget negó con la cabeza.

—No. Le encontré una explicación. Por lo menos, eso creí. Di por sentado que estaba sin un céntimo, muchos de mis amigos y de los de Jimmy están igual, y creí que le había sugerido la idea de hacerse pasar por mi primo para... Bueno, digamos que para salvar su orgullo.

—Pero, cuando llegué, mi aspecto denotaba tal opulencia que, al instante, descartó esa explicación, ¿verdad?

Los labios de ella se curvaron en una sonrisa.

—¡Oh, no! —le dijo—. No fue por eso. Sino porque usted no era la persona adecuada.

—¿Quiere decir que no le parecí lo suficiente inteligente como para escribir un libro? Que no le preocupe herir mis sentimientos. Prefiero saberlo.

—Usted podría escribirlo, pero no sería un libro sobre antiguas supersticiones, en el que trata de descubrir el pasado. ¡Nada de eso! No es de esos hombres para quienes el pasado representa mucho, quizá ni siquiera el futuro. Tan solo piensa en el presente.

—¡Hum! Ya comprendo. —Hizo una mueca—. ¡Maldita sea! Desde que he llegado no ha dejado de ponerme nervioso. Es usted demasiado inteligente.

—Lo siento —respondió la joven con tono seco—. ¿Qué es lo que se esperaba?

—La verdad es que no me había parado a pensarlo.

—¿Una chica vulgar, lo bastante lista como para aprovechar la ocasión y casarse con su jefe? —continuó ella con calma.

Luke hizo un gesto indefinible. Ella le dirigió una mirada divertida.

—Lo comprendo. Está bien, no me enfado.

Luke optó por el descaro.

—Tal vez algo parecido, pero no pensé mucho en ello.

—No, no pensó nada —le dijo ella—. Usted es de los que no abre una puerta hasta estar seguro de que la tiene delante.

—¡Me doy cuenta de que debo de haber representado mi papel de forma pésima! —dijo Luke, desarmado—. ¿Lo ha adivinado también lord Whitfield?

—¡Oh, no! Si le dijera que ha venido a estudiar la vida de los escarabajos, se lo creería. ¡Es muy crédulo!

—De todas formas, lo hice muy mal. Me puse nervioso.

—Es culpa mía —dijo Bridget—. Lo descubrí en el acto y me pareció divertido.

—¡Oh, ya me lo imagino! Las mujeres inteligentes acostumbran a ser frías y crueles.

—En esta vida —murmuró Bridget— hay que aprovechar las diversiones cuando se presentan. —Hizo una pausa y luego preguntó—: ¿Para qué ha venido, señor Fitzwilliam?

Habían vuelto al inicio de la conversación. Luke ya se imaginaba lo que sucedía. Durante los últimos instantes había tratado de tomar una determinación. La miró a los ojos y vio en ellos una gravedad que no esperaba encontrar.

—Lo mejor será —dijo pensativo— no decirle más mentiras.

—Mucho mejor.

—Pero la verdad es difícil de explicar. Veamos, ¿se ha formado alguna idea...? Quiero decir, ¿se le ha ocurrido alguna razón que justifique mi presencia aquí?

Ella asintió con la cabeza lenta y pensativamente.

—¿Cuál es? ¿No quiere decírmela? Puede que me sirva de ayuda.

—Pensé que había venido por algo relacionado con la muerte de esa muchacha, Amy Gibbs —respondió Bridget en voz baja.

—¡Entonces era eso! Es lo que vi, lo que sentí cada vez que se nombraba. Sabía que había algo. ¿Así que pensó que vine por eso?

—¿No es así?

—En cierto modo, sí.

Luke calló y frunció el ceño. La muchacha, junto a él, tampoco habló para no distraer sus pensamientos.

Al final, se decidió:

—He venido por una mera suposición fantástica y probablemente absurda. Amy Gibbs es solo parte del asunto. Quiero averiguar con exactitud cómo murió.

—Sí, eso me parecía.

—¡Maldita sea! ¿Por qué? ¿Hubo algo relacionado con su muerte que despertase su interés?

—Siempre he creído que hubo algo extraño —contestó Bridget—. Por eso le llevé a ver a la señorita Waynflete.

—¿Por qué?

—Porque ella piensa como yo.

—¡Oh! —Luke hizo memoria. Ahora comprendía las insinuaciones de la inteligente solterona—. ¿Piensa como usted que... que hubo algo extraño?

Bridget asintió.

—Y exactamente, ¿qué?

—En primer lugar, el tinte para sombreros.

—¿Qué quiere decir con eso?

—Pues que hace unos veinte años la gente teñía sombreros: una temporada lo llevaba de color rosa y la siguiente compraba una botella de tinte y lo volvía azul marino; y luego otra botellita y lo teñía de negro. Pero hoy ya nadie hace eso. Los sombreros son baratos y, cuando pasan de moda, se tiran.

—¿Incluso las chicas como Amy Gibbs?

—¡Antes lo hubiese pintado yo que ella! Ahorrar no se estila. Y además hay algo más: el tinte era rojo.

—¿Y bien?

—Amy Gibbs era pelirroja, tenía los cabellos del color de las zanahorias.

—¿Quiere decir que no le iba bien ese color?

Bridget asintió.

—Si una tiene el pelo rojo, nunca se pondrá un sombrero de ese color. Son cosas que un hombre jamás entenderá.

—No, un hombre no lo comprendería —intervino Luke recalcando sus palabras—. Sí, encaja, todo encaja.

—Jimmy tiene algunos amigos muy extraños en Scotland Yard —dijo Bridget—. Usted no será...

—No soy un investigador oficial, ni un famoso detective privado, con un hermoso despacho en Baker Street. Soy simplemente lo que Jimmy le dijo: un policía retirado que ha vuelto de Oriente. Y estoy aquí a causa de una conversación muy curiosa que mantuve en el tren que iba a Londres.

Le hizo un breve resumen de su charla con la señorita Pinkerton y de los acontecimientos posteriores que le habían llevado hasta Wychwood.

—Así que ya ve usted —concluyó—. Es todo tan fantástico. Busco a un hombre, un asesino secreto, alguien de Wychwood muy conocido y respetado. Si la señorita Pinkerton tenía razón y usted y esa señorita no-sé-cuántos también, ese hombre asesinó a Amy Gibbs.

—Ya —se limitó a contestar Bridget.

—Supongo que pudieron hacerlo desde el exterior, ¿no le parece?

—Sí, me imagino que sí —respondió Bridget lentamente—. Reed, el agente, subió hasta la ventana por el tejadillo del retrete. Es un poco difícil, pero un hombre ágil podría escalarlo sin dificultad.

—¿Y qué haría después?

—Sustituiría el jarabe por la botella de tinte para sombreros.

—Con la esperanza de que Amy hiciera exactamente lo que hizo: despertarse, beberlo y que todos pensasen que se había equivocado o suicidado.

—Sí.

—¿Y durante la investigación no se valoró la posibilidad de que se tratase de un crimen?

—No.

—¿Nadie sospechó del tinte para sombreros?

—No.

—Pero usted sí.

—Sí.

—¿Y la señorita Waynflete? ¿Han hablado de esto las dos?

Bridget sonrió ligeramente.

—Oh, no, en ese sentido no. Quiero decir que no hemos hablado de nada en concreto. La verdad es que no sé lo que ella habrá pensado. Yo diría que estaba preocupada al principio y cada vez lo está más. Es muy inteligente, ¿sabe? Fue a la universidad o quería ir, y de joven estaba muy adelantada a su tiempo. No es corta de entendederas, como la mayoría de las personas de este pueblo.

—Supongo que la señorita Pinkerton no era tan aguda —dijo Luke—. Por eso no creí que su historia pudiera ser cierta.

—Siempre la consideré muy astuta —respondió Bridget—. La mayoría de estas ancianas son muy agudas para algunas cosas. ¿Dice usted que mencionó otros nombres?

Luke asintió.

—Sí. Un muchacho llamado Tommy Pierce. Lo recordé en cuanto oí hablar de él. Y además estoy casi seguro de que también nombró a Carter.

—Carter, Tommy Pierce, Amy Gibbs, el doctor Humbleby —dijo Bridget pensativa—. Como usted dice, es demasiado increíble para que sea verdad. ¿Quién iba a querer matar a toda esa gente? ¡Eran tan distintos!

—¿Se le ocurre quién podría haber deseado la muerte de Amy Gibbs?

Bridget negó con la cabeza.

—No tengo la más remota idea.

—¿Y qué me dice de Carter? A propósito, ¿cómo murió?

—Se cayó al río y se ahogó cuando regresaba a su casa. Era una noche de niebla y estaba borracho. El puestecillo tiene barandilla solo en un lado. Se dio por hecho que perdió pie y resbaló.

—Pero ¿alguien pudo haberlo empujado?

—¡Claro!

—¿Y cualquiera pudo empujar también a Tommy Pierce cuando limpiaba las ventanas?

—Sí, también.

—Así pues, los hechos nos demuestran lo fácil que resulta deshacerse de tres seres humanos sin levantar sospechas.

—La señorita Pinkerton sí sospechó —le recordó la joven.

—Sí, Dios la bendiga. No se avergonzaba por ser a veces un poco exagerada o imaginar cosas.

—A menudo me decía que el mundo era un lugar muy malvado.

—¿Y supongo que usted sonreiría con sorna cuando lo decía?

—¡De qué manera!

—En este juego, el que gana es el que es capaz de creer seis cosas imposibles antes del desayuno.

Bridget asintió.

—Me imagino que no servirá de nada preguntarle —prosiguió Luke— si tiene alguna corazonada. ¿No hay nadie en Wychwood que le provoque un escalofrío cuando lo ve, o que tenga una mirada extraña, o que se ría como un maníaco?

—Todos los que veo en Wychwood me parecen sanos, respetables y muy normales.

—Temía que me dijera eso —se lamentó Luke.

—¿Usted cree que ese hombre está loco?

—Oh, yo diría que sí. Desde luego es un lunático, pero muy astuto. La última persona de quien sospecharía: probablemente un pilar de la comunidad como el director del banco.

—¿El señor Jones? No me lo imagino cometiendo todos esos asesinatos.

—Entonces, ese es el hombre que buscamos.

—Podría ser cualquiera —respondió Bridget—. El carnicero, el panadero, el tendero, un hortelano, un picapedrero o el que trae la leche.

—Sí, puede que sí. Pero me parece que nuestro campo es algo más reducido.

—¿Por qué?

—La señorita Pinkerton me habló de su mirada cuando escogía su próxima víctima. Por el modo en que habló saqué la conclusión, aunque solo se trata de una impresión mía, de que ese hombre pertenecía por lo menos a su misma esfera social. Claro que puedo equivocarme.

—¡Lo más probable es que esté en lo cierto! Los matices de una conversación no pueden ponerse por escrito, pero son esa clase de cosas las que uno no malinterpreta.

—¿Sabe que me siento aliviado ahora que usted lo sabe todo?

—Así no estará tan nervioso y es probable que pueda ayudarlo.

—Su ayuda me será muy valiosa. ¿De veras quiere continuar la investigación conmigo?

—Desde luego.

—¿Y qué pensará lord Whitfield? ¿Usted cree...? —dijo Luke un tanto preocupado.

—No le diremos ni una palabra a Gordon —lo interrumpió Bridget.

—¿Quiere decir que no lo creería?

—Oh, claro que sí. ¡Gordon se lo cree todo! Se emocionaría y ordenaría a seis de sus mejores hombres que entrevistasen a todo el mundo. ¡Estaría encantado!

—En ese caso, es mejor no decírselo.

—Sí. No podemos permitir que se dedique a esos sencillos placeres.

Luke la miró, dispuesto a decirle algo, pero cambió de opinión y miró el reloj.

—Sí —dijo Bridget—, debemos volver a casa.

Se puso de pie. Y entre los dos se alzó un muro de reserva como si las palabras que Luke no había pronunciado flotasen en el ambiente.

Y regresaron a la casa en silencio.

Capítulo 7

Posibilidades

Luke se hallaba en su habitación. Durante la comida, contestó a un interrogatorio de la señora Anstruther sobre qué flores tenía en su jardín de Mayang Straits. Le dijo las que podían cultivarse allí. También escuchó hasta el hartazgo «las charlas para hombres jóvenes sobre mi persona», de lord Whitfield. Por fin, se hallaba a solas.

Cogió una hoja de papel y escribió la siguiente lista de nombres:

- Doctor Thomas
- Señor Abbot
- Comandante Horton
- Señor Ellsworthy
- Señor Wake
- Señor Jones
- Novio de Amy Gibbs
- Carnicero, panadero, lechero, etcétera

Luego, en otra hoja, encabezó una nueva lista con la palabra VÍCTIMAS en el encabezamiento, y debajo:

- Amy Gibbs: envenenada.
- Tommy Pierce: arrojado desde una ventana.
- Harry Carter: arrojado desde el puente. ¿Bebido? ¿Drogado?
- Doctor Humbleby: infección de la sangre.
- Señorita Pinkerton: atropellada por un automóvil.

Y agregó:

- ¿Señora Rose?
- ¿El viejo Ben?

Y después de una pausa:

- ¿Señora Horton?

Se puso a reflexionar sobre las listas de nombres mientras fumaba un cigarrillo. Luego, cogió su lápiz una vez más.

DOCTOR THOMAS: POSIBLE CASO CONTRA ÉL

Con motivos claros en el caso del doctor Humbleby. Modo para procurar la muerte de este último a su alcance; a saber, envenenamiento científico por gérmenes. Amy Gibbs lo visitó el día de su fallecimiento, por la tarde. ¿Hubo algo entre ellos? ¿Chantaje?

¿Tommy Pierce? Sin relación conocida. ¿Sabía Tommy de alguna relación entre él y Amy Gibbs?

¿Harry Carter? Sin relación conocida.

¿Estuvo ausente el doctor Thomas el día que la señorita Pinkerton fue a Londres?

Luke suspiró y escribió otro encabezamiento:

SEÑOR ABBOT: POSIBLE CASO CONTRA ÉL

Un abogado es siempre una persona sospechosa. Posibles prejuicios míos. Su personalidad afable, jovial, etcétera, resultaría muy sospechosa en una novela. Siempre se recela de los hombres cordiales. Objeción: esto no es una novela, sino la realidad.

Motivos para asesinar al doctor Humbleby: evidente antagonismo entre ellos. Humbleby desafió al señor Abbot. Motivo suficiente para una mente perturbada. Sus desavenencias pudieron ser observadas con facilidad por la señorita Pinkerton.

¿Tommy Pierce? Revolvió entre los papeles del señor Abbot. ¿Encontró algo que no debería haber sabido?

¿Harry Carter? Sin relación directa.

¿Amy Gibbs? Sin relación conocida. El tinte para sombreros es muy apropiado para una forma de ser como la de Abbot, anticuada. ¿Estuvo ausente el señor Abbot el día que mataron a la señorita Pinkerton?

COMANDANTE HORTON: POSIBLE CASO CONTRA ÉL

Sin relación conocida con Amy Gibbs, Tommy Pierce o Carter. ¿Qué hizo cuando murió su esposa? Su muerte pudo producirse por arsénico. De ser así, otras muertes pudieron ser el resultado de esta. ¿Chantaje? Punto importante: el doctor Thomas la asistía. (Más sospechas sobre Thomas.)

Señor Ellsworthy: posible caso contra él

Un tipo dudoso que practica la magia negra. Puede tener el temperamento de un asesino sediento de sangre. Relacionado con Amy Gibbs. ¿Y con Tommy Pierce? ¿Y Carter? Se ignora. ¿Humbleby? Pudo haber descubierto el estado mental de Ellsworthy. ¿Y la señorita Pinkerton? ¿Estuvo fuera del pueblo el señor Ellsworthy el día en que falleció dicha señorita?

Señor Wake: posible caso contra él

Muy poco probable. ¿Locura religiosa? ¿Una misión asesina? En las novelas, los religiosos de cierta edad son todos sospechosos, pero, como dije antes, esto es la vida real.

Nota: Carter, Tommy, Amy, todos tenían mal carácter. ¿No decidiría que era mejor eliminarlos?

Señor Jones

Datos: ninguno.

Novio de Amy

Probablemente, tenía razones para matarla, pero no parece lógico en líneas generales.

Los etcéteras

No los imagino.

Releyó lo que acababa de escribir y murmuró por lo bajo:

—¡Lo cual es absurdo! ¡Qué bien resolvía las cosas Euclides!

Rompió las listas y las quemó. Se dijo: «Este caso no va a ser precisamente fácil».

Capítulo 8

El doctor Thomas

El doctor Thomas se recostó en su butaca y se pasó la mano por su abundante pelo rubio. Era un hombre joven, que había superado ya los treinta. A primera vista, podría creerse que tenía todavía unos veinte años e incluso menos. La expresión ingenua, el cabello revuelto y la tez sonrosada le daban un aspecto infantil. Podía parecer joven, pero, sin embargo, su diagnóstico sobre el reuma en la rodilla de Luke coincidía casi exactamente con el emitido una semana antes por un especialista eminente de Harley Street, donde se encuentran los médicos más importantes de Londres.

—Gracias —dijo Luke—. Me alegra saber que ese tratamiento de corrientes eléctricas que me recomienda acabará con mi dolencia. No quisiera quedarme cojo a mi edad.

El doctor Thomas exhibió una sonrisa de niño.

—Oh, no creo que haya peligro de que eso suceda, señor Fitzwilliam.

—Bueno, me ha quitado usted un peso de encima.

Pensaba ir a que me viera un especialista, pero ahora sé que no hay ninguna necesidad.

El doctor volvió a sonreír.

—Vaya usted si eso le tranquiliza. Después de todo, siempre es conveniente conocer la opinión de un experto.

—No, no. Tengo plena confianza en usted.

—Con franqueza, no es un caso complicado. Si sigue mis consejos, estoy seguro de que no volverá a molestarle.

—Me ha tranquilizado usted, doctor. Ya creía que iba a quedarme artrítico y que pronto no podría ni moverme.

El doctor Thomas negó con la cabeza con benevolencia.

Luke prosiguió rápidamente:

—¿Se ha fijado con qué facilidad perdemos los nervios hoy en día? A veces creo que el médico tiene que sentirse un poco como un hechicero, una especie de mago con la mayoría de los enfermos.

—La fe es muy necesaria.

—Lo sé. «El doctor me dijo» es una frase que se repite siempre con reverencia.

El doctor Thomas se encogió de hombros.

—¡Si los pacientes supieran...! —murmuró en broma y prosiguió—: Escribe un libro sobre magia, ¿verdad, señor Fitzwilliam?

—¡¿Cómo lo sabe?! —exclamó Luke con un tono de sorpresa demasiado afectado.

El doctor Thomas pareció divertido.

—Ah, mi querido señor, las noticias vuelan en un sitio como este. ¡Tenemos tan pocas cosas de que hablar!

—Y seguro que han exagerado. Probablemente le habrán dicho que estoy convocando a los espíritus locales y que intento emular a la bruja de Endor.

—Es bastante curioso que diga eso.

—¿Por qué?

—Porque ha corrido el rumor de que ha hecho reaparecer el espíritu de Tommy Pierce.

—¿Pierce? ¿Pierce? ¿Ese muchacho que se cayó desde una ventana?

—Sí.

—Pues no sé cómo... Claro que le hice unos comentarios al abogado... ¿Cómo se llama...?, Abbot.

—Sí, la historia empezó ahí.

—No me diga que he convertido a un abogado terco y realista en alguien que cree en fantasmas.

—¿Cree en los fantasmas?

—Por su tono deduzco que usted no, doctor. No, no me atrevería a decir «creo en fantasmas», aunque he oído hablar de varios fenómenos curiosos en casos de muerte violenta. Pero estoy más interesado en las supersticiones concernientes a estas muertes, por ejemplo, como la de que un hombre asesinado no puede reposar en su tumba. Hay una creencia muy interesante: dicen que la sangre de un muerto vuelve a manar si su asesino lo toca. Me pregunto cómo surgió.

—Muy curioso —dijo Thomas—. Pero no creo que haya muchas personas que lo recuerden actualmente.

—Más de las que se imagina. Claro que no creo que aquí haya muchos asesinos, así que es difícil de comprobar.

Luke había sonreído al pronunciar estas palabras mientras sus ojos escrutaban el rostro de su interlocutor. Pero el doctor Thomas permaneció inmutable y le devolvió la sonrisa.

—No, no recuerdo que haya habido ningún asesinato desde... Hum, hace muchísimos años. Desde luego no en mis tiempos.

—No. Este es un lugar tranquilo. Nadie obra de mala fe. A menos que alguien empujase a ese Tommy como-se-llame para que se cayese desde la ventana.

Luke se rio y de nuevo el doctor Thomas respondió con una sonrisa completamente natural, llena de un regocijo ingenuo:

—Muchas personas le habrían retorcido el pescuezo a ese chico, pero no creo que llegasen al extremo de empujarlo por una ventana.

—Parece que fue un chiquillo muy impertinente. Librarse de él ha podido llegar a considerarse como un beneficio para la comunidad.

—Es una lástima que no pueda aplicarse esa teoría más a menudo.

—Siempre he pensado que unos asesinatos en serie serían muy beneficiosos para la comunidad —dijo Luke—. Por ejemplo, se podría eliminar el típico plasta de los clubes con una copa de coñac envenenado. Luego está el tipo de mujer que critica a sus mejores amigas. Solteronas anticuadas, tozudos empedernidos que se oponen al progreso... Si pudiéramos suprimirlos sin dolor, ¡cómo cambiaría la vida social!

La sonrisa del médico se ensanchó de oreja a oreja.

—En resumen, usted aprueba el crimen a gran escala.

—La eliminación justa. ¿No cree usted que resultaría beneficioso?

—¡Oh! Sin duda alguna.

—Ah, pero usted no habla en serio —dijo Luke—. Yo sí. No tengo el respeto por la vida humana del común de los ingleses. Todo hombre que es un estorbo en el camino del progreso debería ser eliminado. Esa es mi opinión.

El médico se pasó la mano por el pelo y preguntó:

—Sí, pero ¿quién juzga si un hombre es un estorbo?

—Ahí está la dificultad, naturalmente —admitió Luke.

—Los católicos considerarían que los comunistas deben morir; los rojos sentenciarían a muerte al pastor como representante de la superstición, y el médico al enfermo, el pacifista al soldado, y así todos.

—Habría que tener un hombre de ciencia por juez. Alguien con una mentalidad libre de prejuicios y muy especializado: un médico, por ejemplo. Puestos a decir, creo que usted sería un buen juez, doctor.

—¿Para decidir quiénes deberían conservar la vida?

—Sí.

El doctor Thomas negó con la cabeza.

—Mi trabajo consiste en sanar al enfermo. He de admitir que a veces es una tarea muy dura.

—Sigamos con mi argumento —dijo Luke—. Consideremos a Harry Carter...

—¿Carter? ¿Se refiere al tabernero de la Seven Stars? —preguntó el doctor con tono incisivo.

—Sí, el mismo. Yo no lo conocía, pero mi prima, la señorita Conway, habló con él. Parece ser que era un pillo redomado.

—Sí —contestó el otro—, se emborrachaba, maltrataba a su mujer e intimidaba a su hija. Era un pendenciero y un grosero; se había peleado con la mitad de los habitantes de este pueblo.

—En resumen, que el mundo ha mejorado desde que él murió.

—Diría que sí.

—Es decir, si una persona lo hubiese empujado para que cayese al río en lugar de tropezar por su propio descuido, esa persona habría actuado en interés de todos.

—Esos métodos por los que aboga —dijo el médico—, los puso en práctica en... ¿Cómo dijo...? ¿Mayang Straits?

Luke se echó a reír.

—Oh, no. Son solo teorías que nunca puse en práctica.

—No, no creo que tenga madera de asesino.

—¿Por qué no? —le preguntó Luke—. He sido bastante franco al exponerle mis puntos de vista.

—Exacto. Demasiado franco.

—¿Quiere usted decir que si fuese de los que se toman la justicia por su mano no expondría mi opinión sin tapujos?

—Eso es.

—Pero podría ser mi evangelio y ser un fanático.

—Incluso así, su sentido de autodefensa lo protegería.

—Es decir, que para encontrar a un asesino hay que buscar al tipo de hombre incapaz de matar una mosca.

—Quizá exagere un poquito —opinó el doctor Thomas—, pero no está lejos de la verdad.

—Dígame, me interesa: ¿ha tropezado alguna vez con alguien que usted considerase un asesino?

—¡Menuda pregunta! —exclamó el doctor Thomas.

—¿Sí? Después de todo, un médico conoce a muchas personas extrañas y podría detectar, por ejemplo, los síntomas de cierta tendencia homicida antes de que se manifestaran exteriormente en el individuo.

—La idea que usted tiene de alguien con tendencias homicidas es solo un estereotipo: un hombre que corre con un cuchillo en la mano y echa espumarajos por la boca —contestó Thomas un tanto irritado—. Permítame decirle que esas tendencias son las más difíciles de detectar. Su apariencia externa puede ser la de cualquier otra persona sana, incluso la de un hombre que se asuste con facilidad, que le diga, tal vez, que tiene enemigos. Ni más ni menos. Un individuo inofensivo y pacífico.

—¿De veras?

—Claro que sí. Un lunático homicida a menudo mata, según él, en defensa propia. Pero está claro que muchos asesinos son seres tan sanos como usted o como yo.

—Doctor, ¡me está alarmando! Imagínese si usted llegara a descubrir que tengo cinco o seis muertes en mi haber.

El doctor Thomas se sonrió.

—No lo creo probable, señor Fitzwilliam.

—¿No? Le devuelvo el cumplido. Yo tampoco le creo capaz de haber cometido cinco o seis asesinatos.

—¿Mis fracasos profesionales no cuentan? —replicó alegremente.

Los dos hombres se rieron. Luke se levantó para marcharse.

—Me temo que le he hecho perder mucho tiempo —dijo a modo de disculpa.

—¡Ah!, no estoy ocupado. Wychwood es un lugar muy saludable. Es un placer charlar con alguien de fuera.

—Me gustaría saber... —empezó a decir Luke, pero se detuvo.

—Diga.

—La señorita Conway me dijo, cuando me envió a verlo, que era usted un hombre... Bueno..., un hombre con muchísimas habilidades. Me pregunto si no se siente atrapado aquí. No es un lugar adecuado para alguien con su talento.

—¡Oh! Para empezar, no va mal un poco de práctica general. Es una experiencia muy valiosa.

—Pero usted no se contentará con vivir aquí toda la vida. Su colega, el doctor Humbleby, era un hombre sin ambición, según he oído, satisfecho con la práctica que hacía. Creo que llevaba muchos años aquí, ¿verdad?

—Casi toda su vida.

—Me dijeron que dejó una hija muy bonita —dijo Luke. Y tuvo el placer de ver cómo el color sonrosado de la tez del doctor Thomas se tornaba al rojo oscuro.

—Eso creo —contestó.

Luke lo miró con simpatía. Le satisfizo poder borrar al doctor Thomas de la lista de sospechosos. Este último recobró el color normal y dijo de pronto:

—Hablando de crímenes, puedo prestarle un buen libro, puesto que le interesa este particular. Está traducido del alemán. Es de Kreuzhammer y se titula *Inferioridad y crimen*.

—Gracias —respondió Luke.

El médico buscó en uno de los estantes y sacó el libro en cuestión.

—Aquí lo tiene. Algunas teorías son algo desconcertantes y, claro, aunque solo son teorías, resultan interesantes. Por ejemplo, los primeros años de Menzheld, *el Carnicero de Fráncfort*, creo que le llamaban, y el capítulo de Anna Helm, la niñera asesina, son extraordinariamente interesantes.

—Según tengo entendido, mató a doce niños antes de que la descubrieran —dijo Luke.

—Sí. Tenía una personalidad muy atractiva, le gustaban mucho los niños y, al parecer, se le partía el corazón con cada una de sus muertes. La psicología es sorprendente.

—Lo sorprendente es cómo esa gente conseguía escabullirse —contestó Luke.

Estaban ya en la puerta y el médico salió con él.

—No tiene nada de sorprendente —replicó el doctor Thomas—. Es muy sencillo.

—¿El qué?

—Escabullirse. —Sonreía de nuevo con aquella sonrisa infantil—. Si uno tiene cuidado. Solo hay que ser cuidadoso, eso es todo. Y un hombre listo, si es cuidadoso, no comete errores. Eso es todo lo que hay que hacer.

Volvió a sonreír y entró en la casa.

Luke permaneció unos momentos allí de pie. Había notado cierta condescendencia en la sonrisa del médico. Durante la conversación, Luke se había visto a sí mismo como un hombre maduro, y al doctor Thomas, como un hombre joven e ingenioso.

Por un momento, sintió que los papeles se intercambiaban. La sonrisa del médico había sido la de un adulto divertido ante la precocidad de una criatura.

Capítulo 9

Habla la señora Pierce

En el pequeño estanco de High Street, Luke compró un paquete de cigarrillos y un ejemplar del semanario *Good Cheer*, que proporcionaba a lord Whitfield una buena parte de sus rentas. Al pasar a la sección deportiva, Luke se lamentó en voz alta de no haber ganado ciento veinte libras en las quinielas. La señora Pierce, dueña de la tienda, le demostró su simpatía explicándole las desilusiones que por este motivo sufría su esposo.

Una vez establecidas las relaciones amistosas por este sencillo procedimiento, Luke no encontró dificultad para prolongar la conversación.

—Mi esposo es muy aficionado al fútbol —le dijo la señora Pierce—. Lee los resultados antes de las noticias y, como le digo, ¡sufre cada desilusión! No pueden ganar todos, es lo que yo le digo, y no se puede hacer nada contra la mala suerte.

Luke se solidarizó de corazón a esos sentimientos y con mucha solemnidad manifestó que los males nunca vienen solos.

—Ah, no, es bien cierto, señor. Lo sé muy bien. —La señora Pierce exhaló un suspiro—. Y cuando una mujer tiene marido y ocho hijos (seis vivos y dos enterrados), bien puede decir que sabe perfectamente lo que son las preocupaciones.

—Desde luego, supongo que debe de saberlo —concedió Luke—. ¿Y dice que se le murieron dos?

—Uno de ellos no hará más de un mes —contestó la señora Pierce con una especie de placer melancólico.

—Vaya, eso es muy triste.

—Fue más que triste, señor. Fue un gran golpe. ¡Ocurrió tan de repente! Cuando me lo comunicaron, no podía creerlo. Nunca pensé que pudiera sucederle una cosa así a Tommy, bien puede usted decirlo porque, aunque me daba trabajo, no era natural pensar que el Señor iba a llevárselo. Ni a mi Emma Jane, tan buenecita como era. «No podrás criarla —me advertían—. Es demasiado buena para vivir.» Y era verdad, señor Fitzwilliam. El Señor conoce a los suyos.

Luke se apresuró a pasar de santa Emma Jane al no tan santo Tommy.

—Su hijo murió hace tan poco... ¿Fue un accidente?

—Un accidente, sí, señor. Limpiaba las ventanas de la antigua casona, que ahora es la biblioteca, y debió de perder el equilibrio y caer. Eran las ventanas superiores.

—¿No se dice por ahí —comentó Luke sin darle mucha importancia— que lo vieron bailando en el alféizar de una ventana?

La señora Pierce dijo que ya se sabe cómo son los niños, y sin duda le dio un buen susto al comandante Horton, que era un hombre muy nervioso.

—¿El comandante Horton?

—Sí, señor, el caballero de los bulldogs. Después de ocurrido el accidente, sostuvo, como quien no quiere la cosa, que había visto a Tommy actuando de un modo imprudente. Pero tal vez se asustó con algo y eso fue suficiente para que se cayera. La impetuosidad, señor, ese era el problema de Tommy. En muchos sentidos era una carga para mí, pero su único defecto era una curiosidad excesiva, como la que podría tener cualquier otro muchacho. Puedo asegurarle que no había nada malo en él.

—No, no, claro que no. Pero a veces, ya sabe usted, señora Pierce, que la gente, sobre todo las personas de mediana edad, olvidan que también ellas han sido jóvenes.

La señora Pierce suspiró.

—No sabe cuánta verdad hay en sus palabras, señor. Pero no puedo dejar de desear que algunos caballeros, que no nombro, tengan remordimientos por cómo trataron al pobre niño solo porque era demasiado impetuoso.

—Les gastaba bromas a sus jefes, ¿verdad? —preguntó Luke con una sonrisa de indulgencia.

—Esa era toda su diversión —respondió la mujer en el acto—. Tommy era gracioso, y también un buen imitador. Nos desternillábamos de risa cuando imitaba al señor Ellsworthy en su tienda de antigüedades, o al viejo señor Hobbs, el sacristán. Y una vez que estaba imitando a su señor en Ashe Manor ante el regocijo de los dos jardineros, este apareció en persona y lo despidió. Naturalmente, era de esperar y, después de todo, no le guardó rencor y lo ayudó a encontrar otro empleo.

—Pero otras personas no fueron tan magnánimas, ¿verdad?

—No, señor. Y no nombro a nadie. Nadie lo pensaría al ver al señor Abbot, tan amable y siempre con un chiste o una palabra cariñosa en la boca.

—¿Tommy tuvo problemas con él?

—Estoy segura de que mi hijo no tenía mala intención —replicó la señora Pierce—. Y después de todo, si un papel es un documento de interés y no quieren que sea visto, no deberían dejarlo sobre una mesa. Eso es lo que yo digo.

—¡Por supuesto! —dijo Luke—. Los documentos de importancia deben guardarse tomando muchas precauciones, sobre todo en el despacho de un abogado.

—Eso mismo, señor. Esa es mi opinión y la de mi marido. Además, Tommy apenas pudo leer nada.

—¿De qué se trataba? ¿Algún testamento? —quiso saber Luke.

Pensó con bastante lógica que, interesarse por el tipo del documento levantaría las sospechas de la señora Pierce, pero la pregunta directa tuvo una respuesta inmediata.

—Oh, no, señor. Nada de eso. En realidad, no tenía

importancia. Era una carta particular, de una señora, pero Tommy ni siquiera pudo leer el nombre. Tanto revuelo por nada, eso es lo que yo digo.

—El señor Abbot debe de ser de esos hombres que se ofenden con facilidad —comentó Luke.

—Y no lo parece, ¿verdad? Como ya le dije, es siempre muy agradable conversar con él. Pero también es cierto que puede resultar un hombre difícil de manejar, y que él y el doctor Humbleby discutieron poco antes de que el pobre muriera. Un recuerdo poco grato para el señor Abbot. Porque cuando alguien muere, a uno no le gusta pensar que discutió con el fallecido y que ya no hay posibilidad de retirar lo dicho.

Luke asintió y murmuró:

—Cierto, muy cierto. —Y prosiguió—: ¡Qué coincidencia! Tuvo unas palabras con el doctor Humbleby y este muere, se enfada con Tommy y también fallece. Me atrevo a decir que esta experiencia hará que en adelante el señor Abbot tenga cuidado con su lengua.

—Y además, Harry Carter, el tabernero de la Seven Stars —agregó la señora Pierce—. Tuvieron una discusión muy violenta y, ni una semana después, Carter se ahogó, aunque no hay que echarle la culpa al señor Abbot. La ofensa fue por parte de Carter: se fue a casa del señor Abbot en plena borrachera y, a voz en grito, lo insultó. La pobre la señora Carter vivía un calvario y la muerte de su esposo ha sido un gran alivio en lo que a ella respecta.

—Dejó una hija, ¿verdad?

—Ah —dijo la señora Pierce—, no me gustan las habladurías.

Una salida inesperada, pero prometedora. Luke aguzó el oído y aguardó.

—Yo creo que solo son eso, habladurías. Lucy Carter es una muchacha muy bonita a su manera y, a no ser por la diferencia social, no habría habido ningún comentario. Pero se habló mucho, y no puedo negarlo, sobre todo después de que Carter fuera a su casa y se pusiera a gritar y maldecir.

Luke trató de asimilar el significado de aquel confuso discurso.

—El señor Abbot parece alguien capaz de apreciar la belleza de una muchacha —dijo.

—Es lo normal cuando se trata de caballeros —apuntó la señora Pierce—. Eso no significa nada, solo una palabra o dos al pasar por su lado. Pero un caballero es un caballero y la gente se fija. Es lo habitual en un sitio como este.

—Es un lugar muy bonito —añadió Luke—, y prácticamente inalterado.

—Eso es lo que dicen todos los artistas, pero yo creo que estamos algo atrasados. No tenemos ni un solo edificio digno de mención. En Ashevale, por ejemplo, han construido muchas casas nuevas y encantadoras, algunas con tejados verdes y vidrieras de colores.

—Tienen ustedes un gran instituto.

—Dicen que es un edificio muy bonito —repuso la mujer sin gran entusiasmo—. Claro está que su señoría ha hecho mucho por el pueblo. Todos conocemos su buena voluntad.

—Pero usted no cree que sus esfuerzos hayan tenido mucho éxito —apuntó Luke regocijado.

—Pues bien, señor, está claro que él no pertenece a la clase alta como la señorita Waynflete o la señorita Conway, por ejemplo. El padre de lord Whitfield tenía una zapatería a un paso de aquí. Mi madre se acuerda de Gordon Ragg cuando despachaba en la tienda. Claro que ahora es lord y muy rico, pero no es lo mismo, ¿verdad, señor?

—Evidentemente no —concedió.

—Me perdonará que le diga una cosa. Ya sé que vive en Ashe Manor y que está escribiendo un libro, pero es primo de la señorita Bridget y eso es distinto. Nos encantará volver a verla como dueña de su antigua casa.

—Me alegro —dijo Luke.

Pagó el importe de los cigarrillos y la revista con bastante precipitación.

Pensó para sí: «¡El elemento personal! Es imprescindible apartarse de él. ¡Diablos, estoy aquí para atrapar a un criminal! ¿Qué me importa a mí que se case o no se case esa bruja de cabellos negros? Ella no forma parte de este asunto para nada».

Caminó despacio por la calle y, haciendo un esfuerzo, apartó a Bridget de su pensamiento.

«Ahora veamos —se dijo—. Abbot. Posible caso contra Abbot. Le he relacionado con tres de las víctimas. Discutió con Humbleby, Carter y Tommy, y los tres murieron. ¿Qué hubo entre él y Amy Gibbs? ¿Qué carta vio el endiablado chiquillo? ¿Supo de quién era o no? Pudo habérselo ocultado a su madre. Supongamos que sí. Supongamos que Abbot creyera necesario cerrarle la boca. ¡Es posible! Eso es todo lo que puedo decir: ¡Que es posible! Pero no es suficiente.»

Luke apresuró el paso y miró a su alrededor con repentina exasperación.

«Este condenado pueblo me saca de quicio. Tan cordial y pacífico, tan inocente, pero con un chiflado con instinto asesino suelto por ahí. ¿O seré yo el loco? ¿Estaba trastornada Lavinia Pinkerton? Al fin y al cabo, pudo tratarse solo de coincidencias, la muerte de Humbleby y todo lo demás.»

Volvió la cabeza para contemplar High Street en toda su extensión y lo asaltó un sentimiento de irrealidad.

Se dijo: «Esas cosas no ocurren».

Luego alzó la mirada y contempló el perfil irregular de Ashe Ridge y la sensación de irrealidad desapareció en el acto. Ashe Ridge era real, habían sucedido muchas cosas extrañas en el lugar: brujería y crueldad, ceremonias sanguinarias caídas en el olvido y ritos malvados.

Se sobresaltó. Vio a dos figuras que paseaban por la ladera y las reconoció enseguida: eran Bridget y Ellsworthy. El joven gesticulaba con sus manos extrañas y repugnantes, inclinando la cabeza hacia Bridget. Parecían dos personajes salidos de un sueño. Daba la sensación de que no hacían ruido al caminar. Vio el cabello negro que ondeaba al viento, y de nuevo se sintió preso de su poder mágico.

«Embrujado, eso es, estoy embrujado», se dijo.

Y se quedó allí, sin moverse, mientras un extraño entumecimiento se apoderaba de él. Luego pensó abatido: «¿Quién romperá el hechizo? Nadie».

Capítulo 10

Rose Humbleby

Un ligero ruido a sus espaldas lo hizo volverse a toda prisa. Se encontró ante una muchacha muy hermosa, de cabellos castaños y rizados, con los ojos azules, de mirada tímida, que antes de hablar se ruborizó avergonzada.

—¿Es usted el señor Fitzwilliam? —preguntó.

—Sí, yo...

—Soy Rose Humbleby. Bridget me ha dicho que usted conoce a unos amigos de mi padre.

Luke se sonrojó un poco bajo el tono bronceado de la piel.

—Eso fue hace mucho tiempo —dijo sin mucha convicción—. Los conocí en su juventud, antes de su matrimonio.

—¡Ah, ya!

Rose Humbleby pareció algo desilusionada, pero prosiguió:

—Está escribiendo un libro, ¿verdad?

—Sí. Tomo notas para una obra sobre supersticiones.

—Me parece muy interesante.

—Probablemente será muy aburrida.

—¡Oh, no! Estoy segura de que no.

Luke le sonrió mientras pensaba: «El doctor Thomas es un hombre con suerte».

—Existen ciertas personas —dijo Luke en voz alta— capaces de convertir el tema más apasionante en insoportable. Me temo que yo soy una de ellas.

—¿Por qué habría de serlo?

—No lo sé. Pero estoy convencido de ello.

—Usted debe de ser de los que convierten un tema aburrido en uno terriblemente apasionante.

—Esa es una opinión muy amable. Gracias.

—¿Cree en las supersticiones? —preguntó Rose Humbleby con una sonrisa.

—Esa es una pregunta difícil de contestar. Las cosas no están necesariamente relacionadas: uno puede interesarse por ciertos temas y no creer en ellos.

—Sí, puede que sí —respondió la joven, dubitativa.

—¿Es supersticiosa?

—No. No creo. Pero opino que ciertos acontecimientos vienen... a rachas.

—¿A rachas?

—Quiero decir que hay rachas de buena o mala suerte. Creo que, desde un tiempo a esta parte, Wychwood está bajo el signo de la desgracia. La muerte de mi padre, el atropello de la señorita Pinkerton y ese muchacho que se cayó de la ventana. Empiezo a sentir como si odiase este lugar, como si debiera marcharme.

Su respiración se aceleró mientras Luke la contemplaba pensativo.

—Así que ¿es eso lo que siente?

—¡Oh, sé que parece una tontería! Supongo que es por la muerte repentina de mi padre. Fue tan rápida. —Se estremeció—. Y luego la señorita Pinkerton. Ella dijo...

La muchacha hizo una pausa.

—¿Qué es lo que dijo? Era una dama muy simpática, muy parecida a una tía mía.

—Ah, ¿usted la conocía? —El rostro de Rose se iluminó—. Yo la apreciaba mucho y ella sentía devoción por mi padre. Pero a veces me pregunto si no sería lo que vulgarmente se dice «un pájaro de mal agüero».

—¿Por qué?

—Porque es extraño. Parecía temerosa de que fuese a sucederle algo a papá. Casi me previno, sobre todo de los accidentes. Y aquel mismo día, antes de ir a la ciudad, estaba tan alterada que incluso temblaba. Creo, con sinceridad, señor Fitzwilliam, que era una de esas personas que presienten lo que va a suceder. Sabía lo que iba a sucederle y también debía de saber lo que le pasaría a papá. ¡Me asustan tanto esas cosas!

La muchacha se aproximó un poco más a él.

—Algunas veces uno puede prever el futuro —dijo Luke—, pero no siempre se trata de algo sobrenatural.

—No. Puede ser un don natural, una facultad de la que carece la mayoría de la gente. Pero, aunque así sea, me preocupa.

—No debe angustiarse —indicó Luke con gentileza—. Recuerde que ya pasó todo. ¿De qué sirve mirar atrás? Hay que mirar hacia el futuro.

—Lo sé. Pero aún hay más, ¿sabe? —Rose vacilaba—. Hay algo más, algo que se refiere a su prima.

—¿Mi prima? ¿Bridget?

—Sí. La señorita Pinkerton estaba preocupada por ella. Siempre me preguntaba cosas. Creo que también temía por ella.

Luke se volvió en redondo para escudriñar la ladera. Lo embargaba un sentimiento de temor. Bridget se hallaba sola con el hombre cuyas manos poseían el tono verdoso de la carne en descomposición. ¡Imaginaciones, todo eran imaginaciones! Ellsworthy era un inofensivo aficionado al arte que jugaba a regentar un comercio de antigüedades.

Como si leyera sus pensamientos, Rose preguntó:

—¿Le gusta a usted el señor Ellsworthy?

—Categóricamente, no.

—A Geoffrey, ya sabe, al doctor Thomas, tampoco.

—¿Y a usted?

—¡Oh, no, es terrible! —Ella se le acercó más—. Se habla mucho de él. Me dijeron que hizo una extraña ceremonia en el prado de las Brujas, a la que asistieron muchos de sus amigos de Londres. Son gente muy rara, y Tommy Pierce era una especie de acólito.

—¿Tommy Pierce? —preguntó Luke.

—Sí. Llevaba sobrepelliz y sotana roja.

—¿Cuándo fue eso?

—Oh, hace algún tiempo, creo que en marzo.

—Parece ser que Tommy Pierce estaba metido en todo lo que se cocía en este pueblo.

—Era muy entrometido. Tenía que estar siempre al tanto de todo lo que ocurría.

—Probablemente, al final supo demasiado —dijo Luke con tono severo.

Rose no captó el significado exacto de sus palabras.

—Era un niño bastante antipático. Le gustaba hacer travesuras y maltratar a los perros.

—Vaya, parece que era uno de esos chavales cuya desaparición casi hay que celebrar.

—No, eso tampoco. Fue muy doloroso para su madre.

—Creo que le quedan cinco más para consolarse. Tiene carrete esa mujer.

—¿Verdad que habla mucho?

—Después de comprarle unos cigarrillos, creo que me sé la vida y milagros de cada habitante de este lugar.

—Eso es lo peor de un sitio como este —dijo Rose con tristeza—. Todo el mundo conoce la vida de los demás.

—¡Oh, no! —respondió Luke.

Ella lo miró inquisitivamente y él aclaró:

—Ningún ser humano conoce a fondo todo lo referente a otra persona.

El rostro de Rose se ensombreció y un ligero estremecimiento le recorrió el cuerpo.

—No —contestó despacio—. Creo que tiene mucha razón.

—Ni siquiera sobre las más cercanas y queridas —prosiguió Luke.

—Ni siquiera... —Hizo una pausa—. Sí, es cierto. Pero preferiría que no dijera esas cosas que me asustan, señor Fitzwilliam.

—¿La he asustado?

Ella asintió y entonces se volvió con brusquedad:

—Debo marcharme. Si... si no tiene nada mejor que hacer, quiero decir que, si puede, venga a vernos. A mi madre le gustará... Seguro que se alegra de verlo, ya que conoce a amigos de mi padre.

Y despacio, con la cabeza gacha, como si algún pesar la obligara a hacerlo, tomó el camino de regreso.

Luke la observó mientras se marchaba. Lo invadió una oleada de ternura, el deseo de cuidar y proteger a aquella muchacha.

«¿Contra qué?», se preguntó, y sacudió la cabeza con impaciencia. Era cierto que Rose Humbleby acababa de perder a su padre, pero tenía madre y estaba prometida con un hombre joven y atractivo plenamente facultado para cuidar de ella. Entonces ¿por qué él, Luke Fitzwilliam, se veía asaltado de repente por aquel complejo de protección?

«El viejo sentimentalismo, que vuelve —pensó Luke—. ¡La mujer necesitada de protección! Lo que estuvo de moda en la época victoriana y la del rey Eduardo, y todavía da coletazos durante lo que nuestro amigo, lord Whitfield, llamaría la prisa y vorágine de la vida moderna.

»De todas formas —se dijo mientras caminaba hacia la colina—, esa chica me gusta. Es demasiado buena para Thomas, ese diablo frío y engreído.»

El recuerdo de la última sonrisa del médico le vino a la memoria. ¡Decididamente era presuntuosa y autocomplaciente!

Un rumor de pasos, un poco más arriba, lo distrajo de aquellas meditaciones un tanto enojosas. Alzó la vista y vio al señor Ellsworthy, que descendía de la colina. Tenía la mirada baja y sonreía. Su expresión impresionó a Luke de un modo desagradable. Ellsworthy, más que caminar, parecía bailar como un hombre que sigue el ritmo de una tonadilla diabólica que suena solo en su cabeza. La sonrisa era un rictus extraño y mostraba una astucia que resultaba repulsiva.

Luke se detuvo. Ellsworthy no lo vio hasta que casi tropezó él. Sus ojos, inquietos y maliciosos, se encontraron con los del otro hombre y pasaron unos instantes antes de que lo reconociera.

Entonces se operó un cambio completo en él, o por lo menos eso le pareció a Luke. Donde unos momentos antes viera la maldad de un sátiro, quedó solo un hombre afeminado y pedante.

—Buenos días, señor Fitzwilliam.

—Buenos días —contestó Luke—. ¿Ha estado admirando las maravillas de la naturaleza?

Las manos largas y pálidas del señor Ellsworthy se alzaron en un gesto de reproche.

—¡Oh, no, no! Desde luego que no. Aborrezco la naturaleza. ¡Qué cosa más vulgar! Siempre he sostenido que no se puede gozar de la vida hasta que uno pone a la naturaleza en su sitio.

—¿Y cómo dice usted que se hace eso?

—¡De muchas maneras! —respondió el señor Ellsworthy—. En un sitio como este, encantadoramente provinciano, existen muchas otras diversiones deliciosas si uno tiene buen gusto. Yo disfruto de la vida, señor Fitzwilliam.

—Yo también —replicó Luke.

—*Mens sana in corpore sano* —dijo Ellsworthy con ligera ironía—. Supongo que ese debe de ser el lema. ¿No es cierto?

—Hay cosas peores.

—¡Mi querido amigo! La cordura es un fastidio espantoso. Hay que estar loco, deliciosamente loco... Y ser un poco perverso, un tanto retorcido. Entonces es cuando se ve la vida desde un ángulo nuevo y fascinante.

—La mirada estrábica del leproso —sugirió Luke.

—Ah, muy bueno, muy bueno, muy ingenioso. Aunque tiene algo, ¿sabe? Un punto de vista muy interesante, pero no debo entretenerlo. Está usted haciendo ejercicio, hay que hacer ejercicio, ese es el espíritu de la escuela pública.

—Así es —dijo Luke y, con una inclinación de cabeza, prosiguió su camino mientras pensaba: «Maldita sea, estoy empezando a imaginarme cosas. Este tipo es tonto, eso es todo».

Pero una inquietud inexplicable le hizo apresurar el paso. La sonrisa extraña, taimada, triunfante, que vio en el rostro de Ellsworthy, ¿era solo producto de su imaginación? ¿Y el cambio que había sufrido cuando se dio cuenta de que se aproximaba a Luke? ¿A qué se había debido? Y pensó con desasosiego: «¿Y Bridget? ¿Estará a salvo? Antes los he visto juntos, pero ha bajado él solo».

Echó a correr. El sol, que había salido mientras hablaba con Rose Humbleby, se ocultaba de nuevo. El cielo se veía oscuro y amenazador, y el viento soplaba a ráfagas intermitentes. Era como si hubiese escapado de la vida normal y entrado en un extraño mundo encantado, de cuya existencia había sospechado desde que llegó a Wychwood.

Dobló un recodo y fue a parar a la verde pradera que había visto desde abajo, y que en el pueblo llamaban «el prado de las Brujas». Allí era donde, según la tradición, se celebraban orgías la noche de Walpurgis y de Halloween.

Un suspiro de alivio brotó de sus labios. Bridget estaba allí sentada, con la espalda apoyada en una roca, y la cabeza entre las manos.

Se acercó a ella a paso rápido. La hierba mullida parecía más verde y fresca.

—¿Bridget?

Ella alzó poco a poco el rostro. Su expresión lo preocupó. Parecía despertar de un sueño profundo, como si le costase volver al mundo que la rodeaba.

—Está... Está usted bien, ¿no es así? —dijo Luke con cierta torpeza.

Pasaron unos segundos antes de su respuesta, como si todavía no hubiese despertado del todo. Luke sintió que sus palabras habían viajado muy lejos antes de llegar a ella.

—Claro que estoy bien. ¿Por qué no habría de estarlo?

Su voz denotaba una frialdad casi hostil.

—No tengo ni idea. De pronto me he preocupado por usted.

—¿Por qué?

—Principalmente creo que por esta atmósfera de tragedia que me rodea en este momento. Todo me parece fuera de lo normal. Si la pierdo de vista durante unas horas, me imagino que voy a hallarla muerta en una cuneta. Eso pasa en las obras de teatro y en las novelas.

—La protagonista nunca muere —dijo Bridget.

—No, pero... —Luke se detuvo a tiempo.

—¿Qué es lo que iba a decir?

—Nada.

Menos mal que había callado antes de que fuera demasiado tarde. Nunca debe decirse a una mujer joven y bonita: «Pero usted no es la protagonista».

—Son secuestradas, hechas prisioneras, se las deja morir en una alcantarilla o en un sótano lleno de agua. Pero nunca les pasa nada —añadió Bridget.

—Ni siquiera se esfuman —dijo Luke, y continuó—: ¿Conque este es el prado de las Brujas?

—Sí.

Él la miró.

—Solo le falta una escoba —bromeó con dulzura.

—Gracias. El señor Ellsworthy me ha dicho lo mismo.

—Acabo de encontrármelo —le explicó.

—¿Ha hablado con él?

—Sí. Creo que intentó provocarme.

—¿Y lo consiguió?

—Sus métodos fueron bastante infantiles. —Hizo una pausa antes de continuar atropelladamente—. Es un individuo muy extraño. Unas veces parece que es estúpido y otras me pregunto si no habrá algo más.

—¿También usted piensa así?

—Entonces ¿está de acuerdo conmigo?

—Sí.

Luke esperó.

—Hay algo raro en él —añadió la muchacha—. ¿Sabe? A mí también me gustaría averiguarlo. La otra noche me desperté pensando en todo este asunto. Me pareció que, si aquí hay un asesino, yo debería saber quién es. Quiero decir, por vivir en este lugar. Le di vueltas y más vueltas hasta que llegué a esta conclusión: si realmente hay un asesino, debe de estar loco.

Al recordar lo que le había dicho el doctor Thomas, Luke preguntó:

—¿No cree que un criminal puede estar tan cuerdo como usted y yo?

—Esa clase de asesino, no. Según lo veo yo, tiene que estar loco. Y naturalmente, eso me llevó a pensar en Ellsworthy. De todas las personas que conozco, él es el más extraño. ¡Eso es innegable!

—Existen muchos como él, aficionados, presuntuosos, por lo general por completo inofensivos —respondió Luke, con cierta vacilación.

—Sí, pero creo que va más allá de eso. ¡Tiene unas manos tan repulsivas!

—¿Lo ha notado? ¡Qué curioso! Yo también.

—No son blancas sino verdosas.

—Producen ese efecto. De todas formas, no podemos tomarlo por un asesino solo por el color de su piel.

—Desde luego. Lo que necesitamos son pruebas.

—¡Pruebas! —repitió Luke—. Precisamente eso es lo que no tenemos. Ha ido con mucho cuidado. ¡Un asesino cauteloso! ¡Debemos buscar a un lunático cauteloso!

—He tratado de ayudarlo —dijo Bridget.

—¿Se refiere a su conversación con Ellsworthy?

—Sí. Pensé que tal vez me contaría más cosas que a usted y lo intenté.

—Cuénteme.

—Pues bien, parece ser que tiene un grupo, una pandilla de amigos indeseables. De cuando en cuando, vienen aquí a celebrar algo.

—¿Se refiere a eso que llaman «orgías sin nombre»?

—Sin nombre, no sé, pero desde luego orgías. En realidad, eso suena un poco tonto e infantil.

—Supongo que adoran al diablo y que bailan danzas obscenas.

—Algo por el estilo. Al parecer se divierten mucho.

—Puedo añadir algo —dijo Luke—: Tommy Pierce participó en una de esas ceremonias como acólito. Llevaba una sotana roja.

—Así que él lo sabía.

—Sí. Y quizá eso explique su muerte.

—¿Insinúa que habló de ello?

—Sí, o que tal vez intentara chantajear a alguien.

—Sé que todo parece un poco fantasioso, pero si se aplica a Ellsworthy, no lo es tanto —respondió Bridget, pensativa.

—No, estoy de acuerdo. En su caso parece posible en vez de irreal.

—Hemos encontrado una relación entre dos de las víctimas —dijo la muchacha—: Tommy Pierce y Amy Gibbs.

—Pero ¿y Humbleby y el tabernero?

—Por el momento, no veo conexión alguna.

—El tabernero no, pero puedo suponer un motivo que justificase la muerte de Humbleby. Era médico y pudo haber descubierto el estado mental de Ellsworthy.

—Sí, es posible. —Bridget se echó a reír y añadió—: Esta mañana he representado muy bien mi papel y, al parecer, mi capacidad psíquica es grande, y cuando le dije que una de mis tatarabuelas había escapado de milagro de ser quemada en la hoguera acusada de brujería, mis méritos aumentaron de manera vertiginosa. Creo que me invitará a participar en las orgías en la próxima reunión de los juegos satánicos.

—Bridget, por lo que más quiera, tenga cuidado.

Ella lo miró sorprendida mientras Luke se ponía de pie.

—Acabo de ver a la hija de Humbleby. Hemos hablado de la señorita Pinkerton. Y me ha dicho que la señorita Pinkerton estaba preocupada por usted.

Bridget, que se disponía a levantarse, se quedó inmóvil.

—¿Cómo dice? ¿La señorita Pinkerton preocupada por mí?

—Eso es lo que me ha dicho Rose Humbleby.

—¿Eso le ha dicho?

—Sí.

—¿Y algo más?

—No.

—¿Está seguro?

—Del todo.

Hubo una pausa y, al fin, Bridget dijo:

—Comprendo.

—La señorita Pinkerton estaba preocupada por Humbleby y este falleció. Y ahora, al oír decir que también temía por usted...

Bridget se echó a reír y negó con la cabeza; los cabellos le flotaron alrededor del rostro.

—No se inquiete por mí. El diablo protege a los suyos.

Capítulo 11

La vida hogareña
del comandante Horton

Luke se recostó contra el respaldo de la butaca que ocupaba ante la mesa del director del banco.

—Bien, creo que todo está arreglado. Temo haberlo entretenido demasiado.

El señor Jones hizo un gesto con la mano, al mismo tiempo que en su rostro aparecía una expresión satisfecha.

—De ninguna manera, señor Fitzwilliam. Este es un lugar tranquilo, ya sabe. Siempre nos complace hablar con un forastero.

—Es un pueblo que me fascina —respondió Luke—. ¡Tiene tantas supersticiones!

El señor Jones suspiró y afirmó que se necesitaba mucho tiempo para que la educación desarraigara las supersticiones. Luke observó que se daba demasiada importancia a la educación en la actualidad, cosa que sorprendió al señor Jones.

—Lord Whitfield ha sido un gran benefactor de este pueblo —le dijo—. Comprende las desventajas con las que él mismo tuvo que lidiar en su infancia, y quiere que la juventud de hoy en día esté bien educada.

—Esas desventajas no le han impedido amasar una gran fortuna —puntualizó Luke con aplomo.

—No, ha sido muy hábil..., mucho.

—O ha tenido suerte —objetó Luke.

El señor Jones pareció extrañarse.

—La suerte es lo único que cuenta —opinó Luke—. Tomemos como ejemplo a un asesino. ¿Qué es lo que hace que a un asesino no lo atrapen? ¿La destreza o la maldita suerte?

El señor Jones tuvo que admitir que probablemente la suerte.

Luke prosiguió:

—Consideremos a ese hombre, Carter, el tabernero. Se emborrachaba seis días de cada siete, y llega una noche en que se cae al río desde el puente. Pura mala suerte.

—Para algunas personas fue buena suerte —apuntó el director.

—¿Qué quiere decir?

—Que fue una suerte para su mujer y su hija.

—Oh, sí, desde luego.

Un empleado llamó a la puerta y entró con unos papeles. Luke firmó en un par de sitios y le entregaron un talonario de cheques. Acto seguido, se puso en pie.

—Bueno, celebro que esté todo arreglado. He tenido algo de suerte en el derby de este año. ¿Usted no apuesta?

El señor Jones respondió con una sonrisa que él no acostumbraba a apostar, y agregó que su mujer tenía muy mala opinión de las carreras de caballos.

—Entonces supongo que no fue al derby de Epsom.

—Desde luego que no.

—¿Va alguien de aquí?

—El comandante Horton, que es muy aficionado a las carreras. Y el señor Abbot siempre se toma ese día libre. Pero esta vez no apostó por el ganador.

—No creo que acertasen muchos —respondió Luke, y salió a la calle tras intercambiar las frases acostumbradas de despedida.

Al salir del banco, encendió un cigarrillo. No veía razón, aparte de su teoría de «la persona menos probable», para conservar al señor Jones en la lista de los sospechosos. No había mostrado ninguna reacción interesante ante sus preguntas. Parecía casi imposible considerarlo un criminal. Además, no había estado ausente el día del derby. En cualquier caso, Luke no había perdido el tiempo, porque el señor Jones le había proporcionado dos datos importantes: el comandante Horton y el señor Abbot se ausentaron de Wychwood el día del derby y, por tanto, cualquiera de los dos podría haber estado en Londres en el preciso momento en que la señorita Pinkerton moría atropellada por un automóvil.

A pesar de no sospechar del doctor Thomas, habría preferido saber a ciencia cierta que este último había permanecido en Wychwood, ocupado con sus quehaceres profesionales, el día del atropello, con lo que se propuso comprobarlo.

Quedaba Ellsworthy. ¿Había estado también en Wychwood? De ser así, eso debilitaría la hipótesis de que era el asesino. Era posible que la muerte de la señorita Pinkerton no fuese ni más ni menos que un accidente. Pero en el acto rechazó esta teoría. Su defunción había sido demasiado oportuna para ser casual.

Luke montó en su coche y se dirigió al taller Pipwell, situado al otro extremo de High Street. Quería que le arreglasen algunos problemillas del motor.

Un mecánico joven y bien parecido lo atendió. Su rostro pecoso denotaba inteligencia. Levantaron el capó y se enfrascaron en una conversàción técnica.

Se oyó una voz:

—Jimmy, ven un momento.

El mecánico de cara pecosa obedeció.

Jimmy Harvey. Exacto. Jimmy Harvey, el novio de Amy Gibbs. Volvió al cabo de un rato y reanudaron la conversación. Luke se avino a dejar el coche en el taller.

—¿Qué tal le ha ido en el derby este año? —preguntó cuando ya se marchaba.

—Mal, señor. Aposté por *Clarigold*.

—Casi nadie apostó por *Jujube II*, el ganador.

—En realidad no, señor. Creo incluso que ningún periódico lo citó como posible ganador.

Luke negó con la cabeza.

—Las carreras son un juego de azar. ¿Ha estado alguna vez en el derby?

—No, señor. Y me gustaría. Este año le pedí fiesta al jefe. Había billetes baratos de ida y vuelta a Epsom, pero no quiso ni oír hablar de ello. Estamos faltos de personal, esa es la verdad, y aquel día tuvimos mucho trabajo.

Luke asintió, y esta vez se fue.

Jimmy Harvey también quedaba fuera de su lista. Aquel muchacho de cara simpática no podía ser el asesino, ni pudo haber matado a Lavinia Pinkerton.

Regresó a casa por el sendero del río y, como la otra vez, se encontró al comandante Horton con sus perros. El hombre seguía dando órdenes a sus bulldogs: «*Augusto... Nelly... Nelly*, ¿no me oyes? *Nero... Nero... Nero*».

También esta vez los ojos saltones lo miraron con descaro. Pero la cosa no quedó ahí. El militar dijo:

—Perdóneme, señor Fitzwilliam, ese es su nombre, ¿verdad?

—Sí.

—Yo soy Horton..., el comandante Horton. ¿Sabe? Mañana nos veremos en Ashe Manor. Jugaremos al tenis. La señorita Conway ha tenido la gentileza de invitarme. Es prima suya, ¿verdad?

—Sí.

—Eso pensé. En un sitio como este enseguida destaca una cara nueva, ¿sabe?

Al llegar a este punto, sufrieron una interrupción. Los tres perros se las tenían con un chucho callejero.

—*Augusto... Nero*. Venid aquí os digo.

Cuando los dos bulldogs obedecieron su orden de mala gana, el comandante Horton reanudó la conversación. Luke acariciaba a *Nelly*, que lo miraba con cara de pena.

—Hermosos perros, ¿no le parece? Me gustan los bulldogs —dijo el comandante—. Siempre tengo alguno. Los prefiero a cualquier otra raza. Mi casa está cerca, acompáñeme, le invito a una copa.

Luke aceptó, y los dos hombres caminaron juntos mientras el comandante Horton hablaba sobre los canes que había tenido y los que prefería.

Luke supo de los premios que había ganado *Nelly*, de la injusta decisión de un juez que solo le dio una medalla a *Augusto* y de los triunfos de *Nero*.

Ya habían llegado a la casa del comandante. Este abrió la puerta principal, que no estaba cerrada con llave, y entraron. Tras acompañarlo hasta la salita, que olía a perro, el comandante preparó las bebidas. Luke miró a su alrededor. En la habitación había varias estanterías con libros, fotografías de canes, ejemplares de *Field* y *Country Life* y un par de cómodos sillones. Sobre las librerías se veían varios trofeos de plata y un gran cuadro sobre la chimenea.

—Era mi mujer —dijo el comandante al percatarse de la dirección en que miraba Luke—. Una mujer extraordinaria. Puede verse en su rostro que tenía mucho carácter. ¿No le parece?

—Sí, desde luego —respondió Luke contemplando el retrato.

El pintor la había representado vestida de raso color rosa y con un ramo de lirios silvestres entre las manos. Una raya en medio separaba sus cabellos castaños sobre la frente y tenía los labios apretados con fuerza. Los ojos, grises y fríos, parecían mirar con ira, retando a quien la observara.

—Una mujer extraordinaria —repitió el comandante al tender un vaso a su invitado—. Murió hace un año. Desde entonces, soy otro hombre.

—¿De veras? —dijo Luke sin saber qué decir.

—Siéntese —lo invitó el comandante, indicándole uno de los sillones.

Luke se instaló en el otro y tomó un trago de whisky con soda.

—No —volvió a decir—, no he vuelto a ser el mismo de antes.

—Debe de echarla mucho de menos —apuntó Luke.

El comandante negó con la cabeza tristemente.

—El hombre necesita una esposa para mantenerse a tono —dijo—. De otro modo, se vuelve uno débil. Sí, débil. Se abandona uno por completo.

—Pero probablemente...

—Muchacho, sé de lo que hablo. Tal vez el matrimonio sea un poco duro al principio. Uno se dice: «¡Maldita sea, no puedo hacer lo que me viene en gana!». Pero acaba acostumbrándose. Es cuestión de disciplina.

Luke pensó que la vida matrimonial del comandante Horton debía de haber sido más parecida a una campaña militar que a un idilio arrobador.

—Las mujeres —añadió Horton— son muy extrañas. En apariencia nada las satisface. Pero, ¡diablos!, saben mantener a raya a los hombres.

Luke guardó un silencio respetuoso.

—¿Está usted casado? —le preguntó con curiosidad el militar.

—No.

—¡Ah, ya se casará! Y como le digo, muchacho, no hay nada mejor que el matrimonio.

—Consuela oír hablar a alguien bien de ese estamento —dijo Luke—, sobre todo en estos tiempos en los que hay tantos divorcios.

—¡Bah! —respondió el comandante—. Los jóvenes me ponen enfermo. No tienen aguante, ni paciencia. No soportan nada. ¡Les falta entereza!

Luke estuvo a punto de preguntar por qué se requería una entereza especial, pero se contuvo.

—Como le decía —continuó Horton—, Lydia era una mujer entre mil. ¡Entre mil! Todo el mundo la quería y respetaba.

—¿De veras?

—No toleraba ni una impertinencia. Tenía un modo tan particular de mirar a la gente, con lo que la persona en cuestión acababa por marcharse con el rabo entre las piernas. Esas muchachas medio tontas que se hacen llamar doncellas creen que pueden permitirse ciertas insolencias, pero Lydia sabía meterlas en cintura. ¿Sabe usted cuántas cocineras y camareras tuvimos en un año? ¡Quince!

Luke llegó a la conclusión de que aquello distaba mucho de ser un tributo a la señora Horton por el buen gobierno de su casa, pero viendo que su anfitrión pensaba de otro modo, se abstuvo de hacer comentarios.

—Si no eran de su agrado, las despedía en el acto.

—¿Siempre sucedía así? —preguntó Luke con interés.

—Pues verá, algunas veces eran ellas las que se marchaban. ¡Pues que se fueran con viento fresco!, eso era lo que decía Lydia.

—Pero ¿no le resultaba algo molesto? —planteó Luke.

—¡Oh! A mí no me importa hacerme las cosas —dijo Horton—. Soy bastante buen cocinero y sé encender un fuego mejor que nadie. No me importa lavar los platos cuando hay que hacerlo, si no hay más remedio.

Luke asintió. Luego quiso saber si la señora Horton era diestra en las tareas domésticas.

—Yo no soy de esos hombres que consienten que sus mujeres trabajen para ellos. Y de todas formas, Lydia era demasiado delicada para hacer las faenas de la casa.

—¿No era muy fuerte?

El comandante Horton negó con la cabeza.

—Tenía un alma maravillosa. ¡Lo que sufrió la pobre! Ni siquiera tuvo la empatía de los médicos. Son unos brutos. Solo comprenden las dolencias físicas. Cualquier cosa que se salga de lo corriente está fuera de sus conocimientos. Humbleby, por ejemplo. Todo el mundo cree que era un buen médico.

—¿Usted no?

—Ese hombre era un completo ignorante. Desconocía los adelantos modernos. ¡Dudo que hubiese oído hablar de la neurosis! Supongo que entendía de huesos rotos, sarampión y paperas, pero nada más. Al final tuve una discusión con él. No entendía el caso de Lydia. Se lo dije y no le gustó. Me sugirió que buscase otro médico, y, desde entonces, nos visitó el doctor Thomas.

—¿Les gustaba más?

—Desde luego es un hombre muy inteligente. Si alguien hubiese podido curarla de su última enfermedad, ese habría sido el doctor Thomas. A decir verdad, estaba ya mucho mejor, pero de repente sufrió una recaída.

—¿Fue muy dolorosa su enfermedad?

—¡Hum! Sí. Murió de gastritis. Tenía dolores agudos, náuseas y todo lo demás. ¡Cuánto sufrió la pobrecita! Fue una mártir. ¡Y tuvimos un par de enfermeras de lo más antipático! «La paciente esto, la paciente lo otro...» —Horton negó con la cabeza y bebió un poco de whisky—. ¡Y eran tan presumidas! Lydia estaba obsesionada con que la envenenaban. Claro que no era cierto, sino una fantasía propia de su debilidad. El doctor Thomas dijo que pasa muchas veces, pero había algo de verdad: aquellas mujeres la odiaban. Eso es lo peor de las féminas, que odian a las de su propio sexo.

—Supongo —dijo Luke sin saber muy bien cómo seguir— que la señora Horton tendría buenas amistades en Wychwood.

—La gente fue muy amable con ella —contestó el comandante de mala gana—. Whitfield nos mandaba uvas y melocotones de su invernadero, y Honoria

Waynflete y Lavinia Pinkerton solían venir a hacerle compañía.

—¿La visitaba a menudo la señorita Pinkerton?

—Sí. ¡Era bastante mayor, pero muy agradable! Estaba muy angustiada por mi esposa. Acostumbraba a preguntar qué medicinas tomaba y qué dieta seguía. Todo con mucha amabilidad, ¿sabe? Pero, a pesar de su buen carácter, yo la encontraba algo impertinente.

Luke asintió, comprensivo.

—No puedo soportar tanto ajetreo —dijo el comandante—. Con tantas mujeres en el pueblo, es imposible disfrutar de un buen partido de golf.

—¿Y el joven de la tienda de antigüedades? —quiso saber Luke.

—No juega al golf. Es un afeminado.

—¿Hace mucho que vive en Wychwood?

—Hará unos dos años. Es un individuo muy desagradable. Detesto a esos tipos melenudos y de voz untuosa. Aunque le parezca raro, Lydia lo apreciaba. No se puede confiar en el juicio de las mujeres en cuanto a hombres se refiere. Incluso se tomó un bebedizo casero hecho por ese charlatán, un brebaje en un frasco de vidrio con signos del zodíaco, al parecer elaborado con hierbas recogidas en una noche de luna llena. Tonterías, pero las mujeres se lo creen todo.

Luke cambió de tema con brusquedad, pensando acertadamente que Horton no se percataría de ello.

—¿Qué clase de persona es Abbot, el abogado? ¿Entiende mucho de leyes? Necesito que me aconsejen sobre un asunto y he pensado ir a verlo.

—Dicen que es muy astuto. Yo no lo sé. Tuve una riña con él. No he vuelto a verlo desde que vino a hacer el testamento de Lydia poco antes de que muriera. En mi opinión, es un sinvergüenza, pero eso no quiere decir que no sea buen abogado.

—No, claro que no —concedió Luke—, aunque parece un hombre muy pendenciero. Por lo que he oído, se ha peleado con mucha gente.

—Lo que pasa es que es muy quisquilloso —dijo Horton—. Se cree todopoderoso, y el que no comparte su opinión comete un delito de lesa majestad. ¿Le han contado su discusión con Humbleby?

—Tuvieron una pelea, ¿verdad?

—Una pelea de primera. Aunque no me sorprende. ¡Humbleby era un asno testarudo!

—Fue una lástima que muriera.

—¿Quién? ¿Humbleby? Sí, quizá sí. No tuvo cuidado. Una infección de la sangre es una cosa muy peligrosa. Siempre que me corto me pongo yodo. Es una simple precaución. Humbleby, que era médico, no lo hizo. Eso evidencia su manera de ser.

Luke no lo tenía tan claro, pero lo dejó correr. Se puso de pie y miró su reloj.

—¿Tiene que irse a comer? —le preguntó el comandante Horton—. Bien, celebro haber podido charlar con usted. Me gustan los hombres que han visto mundo. Espero que coincidamos en otra ocasión. ¿Dónde estuvo destinado? ¿En Mayang Straits? Nunca estuve allí. He oído decir que está escribiendo un libro sobre supersticiones.

—Sí, yo...

Pero el comandante continuó:

—Puedo contarle muchas cosas interesantes. Cuando estuve en la India, de eso hace ya bastantes años...

Luke logró escapar después de soportar durante diez minutos las usuales historias de faquires, trucos de cuerdas y cobras, tan queridos por los militares angloindios retirados.

Al salir al aire libre y oír la voz del comandante que llamaba a *Nero*, se maravilló del milagro de la vida matrimonial. El comandante Horton parecía verdaderamente apenado por haber perdido a una mujer que, a todas luces, debió de ser parecida a un tigre ávido de carne humana.

«¿No será un astuto ardid?», se preguntó Luke de pronto.

Capítulo 12

Hostilidades

Afortunadamente, la tarde del partido de tenis fue espléndida. Lord Whitfield estaba de muy buen humor y representaba satisfecho el papel de anfitrión. Con frecuencia hizo alusión a su humilde origen. Los jugadores eran ocho: lord Whitfield, Bridget, Luke, Rose Humbleby, el señor Abbot, el doctor Thomas, el comandante Horton y Hetty Jones, una joven muy animada que era hija del director del banco.

En el segundo set, Luke, que era la pareja de Bridget, jugó contra lord Whitfield y Rose Humbleby. Rose era muy hábil y tenía un potente revés; jugaba en los campeonatos del condado. Ella compensaba los fallos de lord Whitfield, y Bridget y Luke, que no eran demasiado buenos, pudieron resistir su juego. Estaban empatados a tres, y Luke, en una racha de buena suerte, logró, con Bridget, adelantarlos cinco a tres.

Entonces observó que lord Whitfield comenzaba a enfadarse. Discutió por una pelota que había pisado en la línea, dijo que un saque era malo, a pesar de que

141

Rose lo había aceptado, y se comportó como un chiquillo maleducado. Era punto de set, pero Bridget falló una pelota muy fácil que fue a parar a la red e inmediatamente después cometió doble falta en el saque. El juego se había igualado. Enviaron una pelota baja al centro de la pista y Luke, al querer devolverla, tropezó con su compañera. Bridget cometió otra doble falta y perdieron el juego.

La muchacha se disculpó:

—Lo siento, estoy desconcentrada.

Parecía ser cierto. Los golpes de Bridget resultaban erráticos y no daba una. El partido terminó con la victoria de lord Whitfield y su pareja por ocho a seis.

Hubo un poco de discusión sobre quién debía tomar parte en el próximo partido. Finalmente, Rose volvió a jugar, esta vez como pareja del señor Abbot y contra el doctor Thomas y la señorita Jones.

Con una sonrisa complacida, lord Whitfield se sentó para secarse el sudor de la frente. Volvía a estar de buen humor. Charló con el comandante Horton de una serie de artículos que preparaba uno de sus periódicos.

—Enséñeme el huerto —le pidió Luke a Bridget.

—¿Por qué el huerto?

—Estoy buscando coles.

—¿Servirían unos guisantes?

—Sí, me irían de primera.

Se alejaron de la pista de tenis y llegaron al huerto. Como era sábado por la tarde, no había ningún jardinero y todo parecía tranquilo y apacible bajo la luz del sol.

—Aquí tiene los guisantes —le dijo Bridget.

Luke hizo caso omiso del objeto de su visita.

—¿Por qué diablos les ha regalado el partido?

—Lo siento. Estaba desconcentrada y mi juego no es regular.

—¡Pero no tanto! Esas dobles faltas no engañarían ni a un niño. ¡Y esas pelotas lanzadas sin tino...!

—Eso es porque soy una jugadora malísima —respondió Bridget con calma—. Si fuese un poco mejor, habría sido más convincente. Pero si quiero que una pelota vaya fuera justita, da en la línea y mi pequeña obra de caridad se va al traste.

—Entonces ¿lo admite?

—Evidentemente, mi querido Watson.

—¿Y por qué razón?

—Igual de evidente, diría: a Gordon no le gusta perder.

—¿Y qué pasa conmigo? Imagínese que a mí me gusta ganar.

—Me temo, mi querido Luke, que no es usted tan importante.

—¿Quiere explicarse un poquito mejor?

—Desde luego, si usted me lo pide. No hay que enemistarse con quien representa para una el pan de cada día. Gordon es mi pan. Usted no.

Luke inspiró hondo y, al fin, dijo sin poder contenerse:

—¿Por qué diablos quiere casarse con ese ridículo mequetrefe? ¿Por qué?

—Porque como su secretaria gano seis libras a la semana y, siendo su esposa, tendré cien mil a mi nombre, un joyero lleno de perlas y diamantes, una sustanciosa renta y otras ventajas del estado matrimonial.

—Pero ¡por un trabajo muy distinto!

—¿Es que siempre hay que adoptar esa actitud melodramática ante cualquier circunstancia de la vida? —dijo Bridget con frialdad—. Si se está imaginando a Gordon como un marido muy enamorado de su mujer, olvídelo. Gordon, como ya habrá comprendido, es un niño grande. Lo que necesita es una madre y no una esposa. Por desgracia, perdió a la suya cuando tenía cuatro años. Lo que desea es una persona con quien poder fanfarronear, que lo reafirme en sus opiniones y que esté preparada para oírlo hablar perpetuamente de su tema preferido, que es siempre e invariablemente él mismo.

—Tiene usted una lengua muy afilada, ¿no le parece?

—No creo en cuentos de hadas —respondió la muchacha con aspereza—, si es eso a lo que se refiere. Soy una mujer joven con algo de inteligencia, no muy bonita y sin dinero. Intento ganarme la vida con honradez. Mi empleo de esposa de Gordon no se diferenciará en nada del de secretaria. Cuando haya pasado un año, dudo de que se acuerde de besarme antes de acostarse. La única diferencia será el sueldo.

Se miraron a los ojos. Los dos estaban pálidos de rabia.

—Vamos, ¿no es usted algo anticuado, señor Fitzwilliam? —dijo Bridget en tono burlón—. Eche mano de los viejos clichés. Diga que me vendo por dinero. Es una buena razón, creo yo.

—¡Es usted una diablilla sin corazón!

—Lo que es mejor que ser tonta y tenerlo.

—¿Sí?

—Sí, lo sé.

—¿Cómo lo sabe? —se mofó Luke

—¡Sé lo que es querer a un hombre! ¿Conoce a Johnnie Cornish? Pues fui su prometida durante tres años. Era encantador, lo adoraba, lo quise tanto que hasta me dolía el corazón. Pues bien, me dejó para casarse con una viuda de acento norteño con tres papadas y una renta de treinta mil libras al año. ¿No cree que una cosa así cura de romanticismos a cualquiera?

Luke se volvió con un gemido ahogado.

—Quizá.

—¡Ya lo creo!

Hubo una pausa. El silencio entre los dos pesaba como una losa. Bridget fue la primera en romperlo con una voz teñida de vacilación.

—Espero que comprenda que no tiene derecho a hablarme como lo ha hecho. ¡Está viviendo en casa de Gordon y es de muy mal gusto!

Luke había recobrado su compostura.

—¿Y eso no es también un cliché?

Bridget se ruborizó.

—Pero ¡es cierto!

—No lo es. Tengo derecho.

—¡Eso son ganas de discutir!

Luke la miró. Su rostro estaba pálido como el del que sufre un dolor físico.

—Tengo derecho —repitió—. El derecho que me da quererte... ¿Cómo lo expresaste hace un momento...? ¡Quererte tanto que me duele el corazón!

Ella dio un paso atrás.

—¿Tú?

—Sí. Divertido, ¿verdad? Es de esas cosas que te hacen reír. Vine aquí para investigar unos asesinatos y tú saliste de detrás de esa casa y... ¿cómo lo diría...?, ¡me hechizaste! Eso es lo que pasó. Hace poco has mencionado los cuentos de hadas. Tú me embrujaste. Sentí que si me señalabas con el dedo y decías: «Conviértete en rana», habría empezado a dar saltos.

Se acercó a ella.

—Te quiero con locura, Bridget Conway. Y queriéndote como te quiero, no esperarás que me resigne a verte casada con un lord barrigón y ridículo que se enfada si no gana un partido de tenis.

—¿Y qué puedo hacer si no?

—¡Casarte conmigo! Pero seguramente esa solución te producirá un ataque de risa.

—Me parto de risa.

—Exacto. Bueno, ahora ya sabemos a qué atenernos. ¿Quieres que volvamos a la pista? ¡Puede que ahora me encuentres una pareja que esté dispuesta a ganar!

—La verdad —dijo Bridget con dulzura— es que me parece que te molesta perder tanto como a Gordon.

Luke la cogió con firmeza de los hombros.

—¿No te parece que tienes una lengua muy larga?

—Me temo que no te gusto lo suficiente a pesar de tu gran pasión.

—Creo que no me gustas nada.

Bridget, sin dejar de mirarlo, le dijo:

—Pensabas casarte cuando regresases a tu país, ¿verdad?

—Sí.

—Pero con una persona muy distinta a mí, ¿eh?

—Nunca imaginé que pudiera parecerse a ti.

—No soy tu tipo. Sé muy bien cuál es.

—¡Eres tan lista, querida Bridget!

—Una chica encantadora, inglesa de los pies a la cabeza, amante del campo y los perros. Probablemente te la imaginaste con una falda de lana mientras arreglaba los troncos de la chimenea con la punta del zapato.

—La imagen me parece muy atractiva.

—Lo es. ¿Volvemos con los demás? Puedes jugar con Rose Humbleby. Es tan buena jugadora que ganarás casi seguro.

—Estando como estoy chapado a la antigua, dejaré que digas la última palabra.

De nuevo se hizo el silencio. Luke retiró las manos de los hombros de Bridget y ninguno de los dos se movió, como si aún quedara algo por decir.

Entonces Bridget se volvió con brusquedad y emprendió el camino de regreso. El partido concluyó. Rose se negó a volver a jugar.

—He jugado dos partidos seguidos.

—Estoy muy cansada —insistió Bridget—. No quiero jugar más. Tú y mi primo podéis jugar contra la señorita Jones y el señor Horton.

Pero Rose se mantuvo en sus trece y terminó por jugarse un doble masculino. Después sirvieron el té.

Lord Whitfield conversaba con el doctor Thomas, refiriéndole, con muchos detalles y dándose mucha importancia, la visita que había hecho a unos importantes laboratorios de investigación científica de Wellerman Kreitz.

—He querido comprobar en persona los adelantos de los últimos descubrimientos —decía con voz apasionada—. Soy responsable de lo que se publica en mis periódicos. Esta es una era científica. La ciencia debe poder ser asimilada con facilidad por las masas.

—Un mal conocimiento de la ciencia puede resultar peligroso —apuntó el doctor Thomas.

—La ciencia en el hogar es nuestra meta —respondió lord Whitfield.

—Y saber manejar los tubos de ensayo —comentó Bridget muy seria.

—Me impresionó mucho —dijo lord Whitfield—. Wellerman me acompañó personalmente. Le pedí que me atendiera un ayudante, pero no quiso de ninguna manera.

—Es muy natural —dijo Luke.

Lord Whitfield lo miró, agradecido.

—Y me lo explicó todo con la mayor claridad: los cultivos, los sueros... Se ofreció a colaborar en el primer artículo de la serie.

La señora Anstruther intervino.

—Creo que utilizan conejillos de Indias. ¡Qué cruel-dad! Aunque peor sería que fueran perros o gatos.

—Deberían ahorcar a los que emplean perros para sus experimentos —afirmó el comandante Horton con pasión.

—La verdad es, Horton, que usted valora más la vida de un perro que la humana —comentó el señor Abbot.

—¡Eso siempre! —respondió el comandante—. Los perros no se vuelven nunca contra uno. No hablan mal de nadie. Nunca.

—Solo sueltan algún mordisco de vez en cuando —replicó Abbot—. ¿Verdad, Horton?

—Los canes juzgan muy bien el carácter de los hombres —opinó el comandante.

—Uno de los suyos casi me muerde en una pierna la semana pasada. ¿Qué dice a esto, Horton?

—¡Lo mismo que antes!

Bridget, con mucho tacto, se interpuso.

—¿Qué les parece si jugamos otro partido de tenis?

Se jugaron otros dos sets. Y cuando Rose Humbleby se dispuso a marcharse, Luke se le acercó.

—La acompañaré a casa —le dijo—. Y le llevaré la raqueta. No ha venido en coche, ¿verdad?

—No, pero mi casa está cerca.

—Me gusta andar.

Él no dijo más, sino que cogió su raqueta y sus za-patos, y echó a andar a su lado sin decir palabra. Rose mencionó dos o tres asuntos triviales. Luke respondió sin mucho entusiasmo, aunque ella pareció no darse cuenta.

Al llegar a la puerta de la casa, el rostro del policía se iluminó.

—Ahora me siento mejor —le dijo.

—¿Es que no se encontraba bien?

—Es muy amable al fingir que no se había dado cuenta. Usted ha hecho desaparecer mi malestar. Es extraño, pero me siento como si hubiera pasado una nube negra y ahora volviese a brillar el sol.

—Y así ha sido. Estaba nublado cuando salimos de Ashe Manor y ahora brilla el sol.

—Entonces es cierto en la realidad y en la imaginación. Bien, bien, al fin y al cabo, el mundo es un lugar agradable.

—¡Claro que sí!

—Señorita Humbleby, ¿me permite un comentario indiscreto?

—Creo que viniendo de usted no puede serlo.

—¡Oh, no esté tan segura! Quiero decirle que considero al doctor Thomas un hombre muy afortunado.

Rose se ruborizó con una sonrisa.

—¿Así que se ha enterado?

—¿Es que era un secreto? Lo siento.

—¡Oh! En este pueblo todo se sabe —contestó Rose dolida.

—Así pues, ¿es cierto que están prometidos?

Rose asintió.

—Solo que aún no lo hemos anunciado oficialmente. ¿Sabe? Papá se oponía y nos parece poco delicado pregonarlo a los cuatro vientos ahora que acaba de morir.

—¿Su padre se oponía?

—Bueno, oponerse abiertamente, no. Pero, en la práctica, sí.

—¿Creía que eran demasiado jóvenes? —preguntó Luke comprensivo.

—Eso es lo que decía.

—Pero ¿usted cree que había algo más?

—Sí. —Rose ladeó la cabeza, pensativa—. Me temo que lo que pasaba era que a papá le disgustaba Geoffrey. ¡Vaya usted a saber por qué!

—¿No se llevaban bien?

—A veces creía que era eso. Claro que mi padre tenía bastantes prejuicios.

—Supongo que la quería mucho y no se avenía a la idea de perderla.

Rose asintió, pero con una sombra de reserva.

—¿O fue algo más? ¿Le dijo que no quería que se casase con Thomas?

—No. ¿Sabe? Papá y Geoffrey eran muy distintos y chocaban en algunas cosas. Geoffrey era muy paciente, pero saber que mi padre no aprobaba nuestra relación lo hacía reservado y tímido. Y mi padre no tuvo la oportunidad de conocerlo más a fondo.

—Es difícil luchar contra los prejuicios —dijo Luke.

—Pero ¡era algo tan irracional!

—¿Su padre no le explicó sus motivos?

—¡Oh, no! ¡No los tenía! Quiero decir que no podía

decir nada contra Geoffrey, más allá de que no le gustaba.

—¿No tenía nada contra él? Quiero decir, por ejemplo, si su novio bebiera o apostara en las carreras...

—¡Oh, no! Ni siquiera creo que sepa quién ganó el derby.

—Es extraño —dijo Luke—, pero juraría que vi al doctor Thomas en Epsom el día del derby.

Por unos momentos tuvo miedo de haber mencionado que aquel día había llegado a Londres, pero Rose contestó enseguida sin recelar:

—¿Creyó haberlo visto? No puede ser por una razón. Estuvo casi todo el día en Ashewold, donde asistió a un parto muy difícil.

—¡Qué buena memoria tiene!

Rose se echó a reír.

—Lo recuerdo porque me dijo que al niño lo apodaban Jujube.

Luke asintió, distraído.

—De todas formas, Geoffrey nunca va a las carreras. Le aburren soberanamente —dijo la muchacha, y agregó en otro tono—: ¿Por qué no entra? A mi madre le gustaría conocerlo.

—Si usted lo cree así, entraré.

Rose lo condujo a una habitación que a la luz del atardecer le pareció triste. Había una mujer sentada en una butaca en una posición muy extraña.

—Mamá, él es el señor Fitzwilliam.

La señora Humbleby lo miró al estrecharle la mano. Rose salió de la habitación.

—Celebro conocerlo, señor Fitzwilliam. Creo que hace años unos amigos suyos conocieron a mi marido. Rose me lo contó.

—Sí, señora Humbleby. —No le gustaba mentir a la viuda, pero no vio el modo de evitarlo.

—Me gustaría que lo hubiese conocido —dijo la señora Humbleby—. Era un gran hombre y un gran médico. De personalidad fuerte y, gracias a eso, curó a muchas personas que habían perdido la esperanza.

—Desde que estoy aquí, he oído hablar mucho de él —refirió con marcada amabilidad—. Se acuerdan mucho de él.

No podía ver claramente el rostro de su interlocutora. Su voz era monótona, pero esa misma falta de expresividad parecía demostrar que disimulaba su emoción.

—El mundo es cruel, señor Fitzwilliam. ¿No lo cree así? —dijo de repente.

—Sí, puede que sí —contestó Luke, sorprendido.

—Pero ¿no está seguro? Pues es muy importante. Hay tanta maldad por ahí. Hay que estar preparado para luchar. Él lo sabía y estaba del lado del bien.

—Estoy seguro —dijo Luke.

—Conocía la maldad de este lugar. Sabía... —La señora Humbleby se echó a llorar.

—Lo siento —murmuró Luke.

Pero ella contuvo las lágrimas con gran rapidez.

—Perdóneme —le dijo tendiéndole la mano—. Venga a vernos a menudo mientras esté aquí. A Rose le gustará. Lo aprecia mucho.

—Y yo a ella. Creo que es la muchacha más encantadora que he conocido en mucho tiempo.

—Es muy buena conmigo.

—El doctor Thomas es un hombre con mucha suerte.

—Sí. —La señora Humbleby dejó caer la mano sobre su regazo. Su voz perdió toda la expresividad—. No sé, ¡es todo tan complicado!

Luke la dejó allí, en la penumbra, retorciéndose las manos, nerviosa.

Mientras caminaba hacia su casa, recordó fragmentos de su conversación con Rose.

El doctor Thomas había estado ausente la mayor parte del día del derby y se había marchado de Wychwood en coche. Londres distaba unos cincuenta y cinco kilómetros. Se suponía que había estado atendiendo un parto. ¿Existían otras pruebas, aparte de su palabra? Podía comprobarlo. Luego siguió con la señora Humbleby.

¿Qué quiso decir al insistir tanto en aquello de que el mundo estaba lleno de maldad?

¿Eran solo sus nervios y la conmoción sufrida por la muerte de su esposo o había algo más?

¿Es que acaso sabía algo? ¿Algo que tal vez descubrió el doctor Humbleby antes de morir?

«Tengo que seguir adelante —se dijo—. Tengo que continuar.»

Con determinación, apartó de su mente el enfrentamiento que había tenido lugar entre Bridget y él.

Capítulo 13

Habla la señorita Waynflete

A la mañana siguiente, Luke tomó una decisión. Había llegado tan lejos como era posible con sus interrogatorios indirectos. Era inevitable que tarde o temprano lo descubrieran. Pensó que era el momento de quitarse el disfraz de escritor y revelar que había ido a Wychwood con un propósito.

Dispuesto a poner en práctica su plan, decidió visitar a Honoria Waynflete. No solo le había impresionado para bien la discreción y el aspecto inteligente de la solterona, sino que, a su juicio, quizá disponía de información que le sería de utilidad. Creía que ella le había dicho todo lo que sabía. Esta vez quería que le dijese lo que imaginaba, pues consideraba que las suposiciones de la señorita Waynflete no andarían muy lejos de la verdad.

Fue a verla al salir de misa.

La señorita Waynflete invitó a Luke a pasar sin mostrar la menor sorpresa. Al verla sentada cerca de él, con las manos enlazadas sobre el regazo y aquellos ojos inteligentes, tan parecidos a los de una cabra, fijos en su rostro, no le costó nada explicar el motivo de su visita.

—Me atrevo a suponer, señorita Waynflete, que habrá adivinado que la razón de mi presencia en este pueblo no es meramente escribir un libro sobre costumbres locales.

La señorita Waynflete inclinó la cabeza dispuesta a escuchar.

Luke no tenía intención de confiarle toda la historia. La señorita Waynflete podía ser discreta, por lo menos daba esa impresión, pero, según la opinión de Luke sobre las solteronas, era difícil que resistiera la tentación de confiar una historia tan excitante a sus amigas más íntimas. Y, por lo tanto, decidió adoptar una estrategia intermedia.

—Estoy aquí para investigar la muerte de esa pobre muchacha, Amy Gibbs.

—¿Quiere decir que lo ha enviado la policía? —preguntó la señorita Waynflete.

—Oh, no, no soy un policía de paisano —contestó, y añadió con tono risueño—: Mucho me temo que soy ese personaje tan conocido de las novelas policíacas: el detective privado.

—Entiendo. Entonces ¿ha sido Bridget quien le ha hecho venir?

Luke vaciló. Al fin, decidió dejar que así lo creyera. Era difícil justificar su presencia sin explicar toda la historia referente a la señorita Pinkerton.

—¡Bridget es muy práctica y tan eficiente! —dijo la

señorita Honoria Waynflete con cierta admiración—. Creo que si hubiese tenido que confiar en mi propio juicio, no habría hecho nada. Quiero decir que si una no está completamente segura de una cosa, es difícil decidirse a actuar.

—Pero usted está segura, ¿verdad?

—No, señor Fitzwilliam. Este no es un caso muy claro. Puede que sean solo imaginaciones mías. Al vivir sola y sin nadie con quien intercambiar impresiones, es fácil que una lo exagere todo e imagine cosas sin fundamento.

Luke aceptó la afirmación, consciente de su parte de verdad, y añadió amablemente:

—Pero en su interior no tiene dudas.

Incluso en ese momento, la señorita Waynflete se mostró algo reacia.

—Espero que estemos hablando de lo mismo.

Luke sonrió.

—¿Quiere que lo traduzca en palabras? Muy bien. ¿Cree usted que Amy Gibbs fue asesinada?

Honoria Waynflete se sobresaltó un tanto ante la crudeza de su lenguaje.

—No estoy tranquila por lo que respecta a su muerte. En absoluto. En mi opinión, no está clara.

—¿Cree que su muerte no fue cosa del azar? —insistió Luke con paciencia.

—No.

—¿No cree que fuese un accidente?

—Aún lo considero menos verosímil. Existen tantos...

—¿Suicidio? —la atajó Luke.

—Sin lugar a dudas, no.

—Entonces —dijo Luke—, usted cree que fue asesinada.

La señorita Waynflete vaciló, tragó saliva y al fin se decidió a responder con valentía:

—¡Sí! ¡Eso creo!

—Bien. Ahora podemos continuar.

—Pero en realidad no tengo ninguna prueba en que basar mi opinión. Es solamente una suposición.

—Desde luego. Esto es una conversación privada. Hablamos de lo que imaginamos y sospechamos. Supongamos que Amy Gibbs fue asesinada: ¿de quién sospecharíamos como asesino?

La señorita Waynflete negó con la cabeza. Estaba muy nerviosa.

—¿Quién tenía motivos para matarla? —preguntó Luke mirándola.

—Creo que tuvo una discusión con su novio, Jimmy Harvey. Es un joven trabajador y sensato. A veces se lee en los periódicos que un muchacho ha matado a su novia y cosas por el estilo, pero la verdad es que no lo creo capaz de hacer algo así.

Luke asintió.

—Además, tampoco creo que lo hubiese hecho de esa forma —añadió la solterona—. Trepar hasta la ventana para cambiar la botella de jarabe por una que contenía veneno. No me parece...

Al ver que vacilaba, Luke la ayudó:

—¿No le parece propio de un amante enfadado? De

acuerdo. En mi opinión podemos eliminar a Jimmy Harvey. Amy fue asesinada (hemos supuesto que lo fue) por alguien que quiso quitarla de en medio y que planeó el crimen con sumo cuidado para que pareciera un accidente. ¿Tiene usted alguna idea, alguna corazonada de quién pudo ser?

—No. La verdad, no tengo la menor idea.

—¿Está segura?

—Sí, sí.

Luke la observó pensativo. Su negativa había sido poco convincente, pero continuó:

—¿No conoce otros motivos?

—No.

Esta vez fue más categórica.

—¿Sirvió en muchas casas de Wychwood?

—Estuvo un año en casa de los Horton antes de ir a la de lord Whitfield.

Luke hizo un rápido resumen:

—Entonces, tenemos esto: alguien quiso eliminar a la muchacha. Por los hechos deducimos: primero, que es un hombre chapado a la antigua (como lo demuestra el tinte empleado), y segundo, que debe de ser un hombre ágil, puesto que pudo trepar hasta la ventana de la habitación. ¿Está usted de acuerdo con estas dos afirmaciones?

—Por completo.

—¿Le importa que vaya a comprobarlo?

—En absoluto. Creo que es una buena idea.

Lo condujo hasta la parte de atrás de la casa. Luke consiguió llegar al tejado del anexo sin demasiada dificultad, para desde allí asirse al alféizar de la ventana y, tras un último esfuerzo, entrar en la habitación. Minutos más tarde se reunía con la señorita Waynflete mientras se limpiaba las manos con su pañuelo.

—Es mucho más fácil de lo que parece —le dijo—. Lo que se necesita es fuerza. ¿No encontraron huellas?

—No lo creo. Claro que el agente subió por el mismo sitio.

—De modo que, si hubiese habido algunas, las habrían confundido con las suyas. ¡Las fuerzas del orden ayudando siempre a los criminales! Bueno, eso es todo.

La señorita Waynflete lo acompañó de nuevo a la casa.

—¿Amy tenía el sueño pesado? —le preguntó.

—Era muy difícil despertarla por las mañanas —contestó la señorita Waynflete mordazmente—. Algunas veces tenía que llamar y llamar antes de que respondiera. Pero ya sabe, señor Fitzwilliam, que hay un refrán que dice «No hay peor sordo que el que no quiere oír».

—Es cierto —concedió Luke—. Ahora, señorita Waynflete, pasemos a los móviles. Comencemos por los más evidentes: ¿cree usted que hubo algo entre Ellsworthy y la muchacha? —Y se apresuró a añadir—: Solo le pido su opinión.

—Si es solo mi opinión lo que me pide, creo que sí.

Luke asintió con un ademán.

—Según usted, ¿pudo Amy Gibbs intentar chantajearlo?

—De nuevo solo según mi opinión, diría que es posible.

—¿Sabe usted si tenía mucho dinero en el momento de su fallecimiento?

La solterona reflexionó unos instantes.

—No, no creo. Si hubiese tenido más de lo habitual lo habría sabido.

—¿No se compró alguna cosa fuera de lo común?

—Creo que no.

—Entonces, eso descarta la teoría del chantaje. La víctima acostumbra a pagar antes de llegar al asesinato. Valoremos otra teoría: la muchacha debía de saber algo.

—¿A qué se refiere?

—Tal vez descubrió algo peligroso para alguna persona de Wychwood. Esto es solo una hipótesis. Supongamos que conociera algo que pudiera perjudicar, digamos profesionalmente, a alguien como el señor Abbot.

—¿El señor Abbot?

—O algún descuido o comportamiento poco correcto del doctor Thomas —se apresuró a añadir Luke.

—Pero seguramente... —comenzó a decir la señorita Waynflete, y se detuvo.

—Amy Gibbs estuvo de doncella, según dice usted, en casa de los Horton cuando murió la señora —señaló Luke.

Hubo unos momentos de silencio. Luego la señorita Waynflete respondió:

—¿Quiere decirme por qué mezcla a los Horton en

este asunto, señor Fitzwilliam? La señora Horton falleció hace un año.

—Sí, y esa chica, Amy Gibbs, estaba en su casa.

—Ya. ¿Qué tienen que ver los Horton con todo esto?

—No lo sé. Estoy haciendo cábalas. La señora Horton murió de gastritis aguda, ¿verdad?

—Sí.

—¿Fue una muerte inesperada?

—Para mí, sí —respondió la señorita Waynflete despacio—. ¿Sabe? Estaba mucho mejor, parecía en vías de recuperación y, de pronto, tuvo una recaída y falleció.

—¿Se sorprendió el doctor Thomas?

—No lo sé, pero me imagino que sí.

—Y las enfermeras, ¿qué dijeron?

—Sé por experiencia que las enfermeras nunca se sorprenden cuando un enfermo empeora. Es la mejoría lo que les parece anormal.

—Pero ¿su muerte le sorprendió a usted? —insistió Luke.

—Sí. El día antes había ido a visitarla, parecía encontrarse mucho mejor y charló muy animada durante un rato.

—¿Qué opinaba la fallecida de su propia enfermedad?

—Estaba obsesionada con que las enfermeras la estaban envenenando. Había despedido a una, pero me dijo que las otras dos eran igual de malas.

—Supongo que usted no le haría mucho caso.

—Pues, no. Creí que eso era a causa de su enfermedad. Era una mujer muy desconfiada. Puede que no sea muy caritativo decirlo, pero le gustaba darse importancia. Ningún médico entendía su caso. Lo suyo era muy complicado, debía de tener una enfermedad muy difícil o alguien trataba de quitarla de en medio.

—¿Y no sospechaba de su marido? —Luke trató de hablar con naturalidad.

—¡Oh, no! ¡Nunca se le ocurrió una cosa semejante!

La señorita Waynflete hizo una pausa y luego preguntó:

—¿Es eso lo que usted cree?

—Muchos maridos lo han hecho sin que los descubrieran. ¡A todas luces se ve que el carácter de la señora Horton era tal que no es extraño que su marido deseara librarse de ella! Y creo que heredó mucho dinero a su muerte.

—Sí, eso es cierto.

—¿Qué opina usted, señorita Waynflete?

—¿Quiere saber mi opinión?

—Sí, solo su opinión.

—En mi opinión —empezó a decir lenta y deliberadamente—, el comandante Horton estaba muy enamorado de su mujer y nunca se le pasó por la cabeza hacer una cosa así.

Luke la miró y se encontró con sus ojos de color ámbar, que denotaban inocencia.

—Bueno —dijo—, espero que tenga razón. Es muy probable que usted lo sepa mejor que yo.

La señorita Waynflete se permitió una sonrisa.

—Las mujeres somos muy buenas observadoras, ¿verdad?

—De primera. ¿Cree que la señorita Pinkerton habría pensado como usted?

—No oí nunca su parecer al respecto.

—¿Qué pensaba de lo ocurrido a Amy Gibbs?

La señorita Waynflete frunció el ceño como si tratase de recordar.

—Es difícil de decir. Lavinia tenía una opinión muy particular.

—¿Cuál?

—Pensaba que ocurría algo extraño aquí, en Wychwood.

—¿No pensaría por casualidad que alguien había empujado a Tommy Pierce por la ventana?

La señorita Waynflete lo miró atónita.

—¿Cómo lo sabe? —preguntó.

—Ella me lo dijo. No con estas mismas palabras, pero me lo dio a entender.

La solterona se inclinó hacia delante con el rostro acalorado.

—¿Cuándo fue eso, señor Fitzwilliam?

—El día que fue atropellada —respondió él con tranquilidad—. Viajamos juntos hasta Londres.

—¿Qué fue lo que le dijo exactamente?

—Que había habido demasiados fallecimientos en Wychwood. Nombró a Amy Gibbs, a Tommy Pierce y a ese hombre... Carter. Y también dijo que la próxima víctima sería el doctor Humbleby.

—¿Le dijo quién era el culpable?

—Un hombre con una extraña mirada —contestó Luke—. Una mirada que no dejaba lugar a dudas, según ella. Y la había visto en sus ojos mientras el hombre en cuestión hablaba con el doctor Humbleby. Por eso afirmó que sería el próximo en morir.

—Y así fue —susurró la señorita Waynflete—. ¡Oh, Dios mío!

Se echó hacia atrás. Sus ojos expresaban incredulidad.

—¿Quién es ese hombre? —inquirió Luke—. Vamos, señorita Waynflete, usted lo sabe, tiene que saberlo.

—No, no me lo dijo.

—Pero puede adivinarlo —replicó Luke, ansioso—. Estoy seguro de que está pensando en alguien en concreto.

De mala gana, la señorita Waynflete asintió.

—Entonces, dígamelo.

Pero ella negó con la cabeza enérgicamente.

—No, de ninguna manera. ¡Me pide algo imposible! Me pide que adivine en quién pudo, solo pudo, haber pensado una amiga que ya ha muerto. ¡No puedo hacer una acusación semejante!

—No sería una acusación, sino solo su opinión.

Pero la señorita Waynflete se mantuvo firme.

—No tengo nada más que decir. Lavinia no me lo contó. Puedo pensar que sé quién es, pero comprenda que podría equivocarme. Eso influiría en usted y quizá tendría serias consecuencias. Sería una maldad por mi parte mencionar un nombre. Puedo estar equivocada. ¡Probablemente lo estoy!

Y apretó los labios mirándolo con determinación.

Luke sabía aceptar la derrota cuando era inevitable. Comprendió que el sentido de la rectitud de la señorita Waynflete, y algo más que no alcanzaba a comprender, estaban en su contra. Aceptó su fracaso de buen grado y se levantó para despedirse.

Tenía la intención de volver a la carga en otro momento, pero lo disimuló muy bien.

—Es lógico que obre como le dicta su conciencia —le dijo—. Gracias por la ayuda que me ha prestado.

La señorita Waynflete pareció no estar tan segura de sí misma cuando lo acompañó hasta la puerta.

—Espero que no crea... —comenzó a decir, pero rectificó—. Si puedo hacer algo más por usted, no deje de decírmelo.

—Lo haré. No comparta esta conversación.

—¡Claro que no! No diré ni una palabra a nadie.

Luke rogó por que fuera cierto.

—Dele muchos recuerdos a Bridget. Es una muchacha encantadora, ¿no le parece? Y muy lista también. Espero... Espero que sea muy feliz.

Y como Luke parecía no entenderla, agregó:

—Quiero decir cuando se case con lord Whitfield. ¡Se llevan tantos años!

—Sí, es cierto.

La señorita Waynflete suspiró.

—¿Sabe que habíamos sido novios? —soltó de repente.

Luke la miró atónito. Ella negaba con la cabeza y sonreía con tristeza.

—Hace muchísimo tiempo. Él era todavía un muchacho. Yo lo ayudé a formarse. Estaba muy orgullosa de él, de su ánimo y de su determinación de triunfar. —Volvió a suspirar—. Mi familia, naturalmente, estaba escandalizada. En aquellos tiempos las diferencias de clase eran barreras infranqueables... —Tras una pausa, siguió—: Siempre he seguido su carrera con interés y pienso que los míos estaban muy equivocados.

Luego, se despidió con una inclinación de cabeza y entró en la casa.

Luke trató de reorganizar sus ideas. Había clasificado a la señorita Waynflete como una «anciana». Ahora comprendía que no llegaba a los sesenta. Lord Whitfield pasaba de los cincuenta. Ella podía llevarle un año o dos, pero no más. E iba a casarse con Bridget, que tenía veintiocho años. ¡Bridget, que era joven y estaba llena de vida!

«¡Maldita sea! —se dijo Luke—. No quiero pensar más en eso. Al trabajo. Sigamos con el trabajo.»

Capítulo 14

Reflexiones de Luke

La señora Church, tía de Amy Gibbs, era lo que se dice una mujer poco grata. Su nariz afilada, sus ojos esquivos y su lengua ponzoñosa resultaban desagradables. Luke adoptó unos modales bruscos y tuvo un éxito inesperado.

—Lo que tiene que hacer —le dijo— es responder a mis preguntas lo mejor que pueda. Si me oculta algo o me miente, las consecuencias pueden ser muy serias para usted.

—Sí, señor. Ya comprendo. Es solo que estoy demasiado deseosa de contarle lo que sé. Nunca me he visto envuelta en ningún asunto que tuviera que ver con la policía...

—Ni tiene por qué estarlo —concluyó Luke—. Pues bien, si hace lo que le he dicho no habrá necesidad de ir más allá. Deseo que me hable de su sobrina: qué amigos tenía, si contaba con algún dinero y todo lo que dijo que pudiera darnos una pista. Empezaremos por sus amistades. ¿Quiénes eran?

La señora Church le dirigió una mirada ladina con el rabillo del ojo.

—Se refiere a caballeros, ¿verdad, señor?

—¿Tenía amigas también?

—Pues, apenas. Claro que conocía a algunas chicas que habían trabajado con ella, pero Amy no las trataba mucho. Verá usted...

—Prefería el sexo opuesto. Cuéntemelo.

—Últimamente iba con ese muchacho del taller, Jimmy Harvey. Es un chico muy serio y agradable. «No podías haber elegido mejor», le dije muchas veces.

—¿Y los otros? —la atajó Luke.

De nuevo le dirigió su mirada ladina.

—Supongo que se refiere al caballero de la tienda de antigüedades. ¡No me gustaba nada, lo digo sinceramente! Siempre he sido una mujer muy respetable y no soporto a esos conquistadores. Pero las muchachas de hoy en día no hacen caso de lo que se les dice. Hacen solo su voluntad, y a menudo acaban arrepintiéndose.

—¿Y Amy acabó arrepintiéndose? —preguntó Luke sin andarse por las ramas.

—No, señor. No lo creo.

—Fue a visitar al doctor Thomas el día de su muerte. ¿No sería por esa razón?

—No, señor. Estoy segura de que no fue por eso. ¡Oh! ¡Puedo jurarlo! Amy no se encontraba bien, pero era un simple resfriado con mucha tos. No era lo que usted está sugiriendo. Estoy segura.

—La creo, si usted lo dice. ¿Hasta dónde habían llegado sus relaciones con Ellsworthy?

—No sabría decírselo, señor. Amy no confiaba en mí.

—Pero ¿habían llegado lejos?

—Ese caballero no tiene muy buena reputación —respondió la señora Church suavemente—. Cuando vienen sus amigos de la ciudad hacen cosas muy extrañas a medianoche, en el prado de las Brujas.

—¿Y Amy iba?

—Creo que fue una vez. Pasó toda la noche fuera de casa y su señor se enteró (entonces trabajaba en Ashe Manor) y le habló con mucha severidad. Ella le contestó y la despidieron, como era de esperar.

—¿Le contaba lo que sucedía en las casas donde estaba empleada?

La señora Church negó con la cabeza.

—No mucho, señor. Le interesaban más sus propias andanzas.

—Estuvo bastante tiempo en casa del comandante Horton, ¿verdad?

—Cerca de un año.

—¿Por qué se marchó?

—Para mejorar. Había una plaza libre en Ashe Manor y, naturalmente, el sueldo era mejor.

—¿Estaba en casa de los Horton cuando murió la señora? —preguntó Luke.

—Sí, señor. Y andaba bastante molesta con las dos enfermeras por el trabajo que le daban, las bandejas de té y esto y lo otro.

—¿No sirvió en casa del señor Abbot, el abogado?

—No. El señor Abbot tiene un matrimonio a su servicio. Amy fue a verlo una vez a su oficina, aunque ignoro para qué.

Luke consideró este dato muy interesante. Y como era evidente que la señora Church no sabía nada más sobre eso, no siguió con el tema.

—¿Había otros caballeros que fuesen amigos suyos?

—Nadie digno de mención.

—Vamos, señora Church. Recuerde que tiene que decirme la verdad.

—Es que no era un caballero, señor, ni nada parecido. Le dije que se estaba rebajando.

—¿Quiere explicarse con mayor claridad, si le es posible, señora Church?

—¿Ha oído hablar de la Seven Stars? No es un sitio recomendable, y el tabernero, Harry Carter, era un individuo de lo más despreciable, que estaba la mayor parte del día borracho.

—¿Amy era amiga suya?

—Salió de paseo con él un par de veces. No creo que hubiera más, desde luego.

Luke asintió pensativo y cambió el rumbo de la conversación.

—¿Conoció usted a un muchachito llamado Tommy Pierce?

—¿Quién? ¿El hijo de la señora Pierce? Claro que sí. Siempre estaba haciendo diabluras.

—¿Alguna vez se metió con Amy?

—Oh, no, señor. Amy lo habría despachado con un buen tirón de orejas si hubiese intentado hacer de las suyas con ella.

—¿Estaba Amy satisfecha con su empleo en casa de la señorita Waynflete?

—Le parecía un poco aburrido y el sueldo no era gran cosa. Pero después de que la despidieran de Ashe Manor, no era fácil encontrar otro buen empleo.

—Podría haberse marchado a otro sitio.

—¿Quiere decir a Londres?

—O a cualquier otra parte del país.

La señora Church negó con la cabeza y dijo despacio:

—Amy no quería marcharse de Wychwood tal como estaban las cosas.

—¿Qué insinúa?

—Me refiero a Jimmy y a ese caballero de la tienda de antigüedades.

Luke asintió, pensativo. La señora Church prosiguió:

—La señorita Waynflete es una mujer muy simpática, aunque tiene algunas manías. Quiere que el metal y la plata estén siempre relucientes, que no haya ni una mota de polvo y que se dé la vuelta a los colchones cada día. Amy no habría podido soportarla si no se hubiese divertido de otras formas.

—Me lo imagino —dijo Luke con sequedad.

Repasó mentalmente las preguntas que quería plantearle. No veía por dónde seguir. Estaba seguro de que no le había sonsacado a la señora Church todo lo que sabía. Se decidió a hacer una última tentativa.

—Supongo que habrá adivinado el motivo de este interrogatorio. Las circunstancias que rodearon la muerte de Amy fueron bastante misteriosas. No estamos convencidos de que fuese un accidente. Si no lo fue, ya imaginará lo que pudo ser.

—¡Asesinato! —exclamó la señora Church con cierto placer.

—Exacto. Ahora, suponiendo que su sobrina fuera asesinada, ¿quién cree usted que podría ser el responsable?

La señora Church se limpió las manos en el delantal.

—Debe de haber una recompensa por dar información que conduzca a la policía a una pista verdadera —insinuó.

—Puede que la haya —respondió Luke.

—No quisiera que lo tomara como una acusación —la señora Church apretó los labios—, pero el caballero de la tienda de antigüedades es muy extraño. Recuerde el caso Castor, señor, y cómo encontraron a la pobre chica hecha pedacitos en la cabaña de Castor, junto al mar, y cómo descubrieron que otras cinco o seis muchachas habían muerto de la misma forma. Puede que el señor Ellsworthy sea uno de esos tipos.

—¿Esa es su opinión?

—Bueno, podría ser, ¿no le parece?

Luke asintió antes de decir:

—¿Estuvo ausente el señor Ellsworthy el día del derby? Es un detalle muy importante.

—¿El día del derby? —se extrañó la señora Church.

—Sí, el miércoles hizo quince días.

—La verdad, no puedo responder a esa pregunta. Acostumbraba a ausentarse los miércoles. Unas veces iba a la ciudad y otras no. Los miércoles cierra más temprano.

—¡Oh! —dijo Luke—. Cierra más temprano.

Se despidió de la señora Church, desentendiéndose de sus insinuaciones sobre que su tiempo era muy valioso y que esperaba recibir una compensación. Le disgustaba muchísimo la señora Church. Sin embargo, su conversación, aunque no le había aportado nuevas pistas, le había proporcionado algunos detalles interesantes.

Repasó los datos de los cuatro sospechosos: Thomas, Abbot, Horton y Ellsworthy. La actitud de la señorita Waynflete parecía probar una cosa, y es que su reserva y repugnancia ante la idea de mencionar un nombre debía de significar que la persona en cuestión era un vecino importante de Wychwood, alguien al que una sola insinuación podría perjudicar seriamente. Y coincidía con la determinación de la señorita Pinkerton de ir directa a Scotland Yard. La policía local habría considerado su historia ridícula.

Y no podía ser el carnicero, ni el panadero, ni el cerero, ni un mero mecánico de un taller, sino alguien sobre quien una acusación de asesinato resultara algo inverosímil, además un asunto muy serio.

Había cuatro posibles candidatos. Así pues, Luke tenía que repasar con sumo cuidado el caso y tomar una decisión.

Primero reflexionó sobre la reserva de la señorita Waynflete. Era una persona consciente y escrupulosa. Creía conocer al hombre de quien sospechaba la señorita Pinkerton, pero eso era, como bien dijo, una mera suposición. Era fácil que estuviese equivocada.

¿En quién pensaba la señorita Waynflete?

La angustiaba pensar que su acusación pudiera calumniar a un inocente. Además, debía de tratarse de un hombre de cierta posición, apreciado y respetado por la comunidad.

Por lo tanto, eso eliminaba automáticamente a Ellsworthy. Era casi un forastero y su reputación era mala, no buena. Luke creía que si Ellsworthy hubiese sido la persona que la señorita Waynflete tenía en su mente, no habría tenido inconveniente en decírselo. Así que, por lo que respectaba a la señorita Waynflete, Ellsworthy quedaba descartado.

Había que seguir con los demás. Luke consideraba que podía excluir también al comandante Horton. La señorita Waynflete parecía oponerse acaloradamente a cualquier sugerencia respecto a la posibilidad de que Horton hubiese envenenado a su esposa. Si lo hubiera considerado capaz de cometer otros crímenes, no estaría tan segura de su inocencia en la muerte de la señora Horton.

Quedaban, pues, el doctor Thomas y el señor Abbot. Ambos cumplían todos los requisitos. Eran hombres de buena posición, de los que jamás se había rumoreado ningún escándalo. Estaban bien vistos, eran apreciados y se los tenía por personas rectas y honradas.

Luke reflexionó sobre otro aspecto del asunto. ¿Podía eliminar a Ellsworthy y Horton? De inmediato negó con la cabeza. No era tan fácil. La señorita Pinkerton había averiguado quién era el asesino, lo cual estaba probado en primer lugar por su muerte y, en segundo lugar, por el fallecimiento del doctor Humbleby, pero nunca se lo dijo a Honoria Waynflete. Por tanto, aunque esta pensara que sabía quién era, podía estar equivocada. Muchas veces suponemos lo que piensan otras personas, y en ocasiones descubrimos que no lo sabíamos y que hemos cometido un gran error.

Por todo lo cual, los cuatro candidatos continuaban en liza. La señorita Pinkerton había muerto y no podía ayudarlo. Solo podía hacer lo mismo que hizo al día siguiente de su llegada a Wychwood; es decir, sopesar las pruebas y considerar todas las posibilidades.

Comenzó por Ellsworthy. Aparentemente era el candidato más probable: raro y de personalidad perversa. Podría ser lo que se llama «un asesino morboso».

«Hagámoslo así —se dijo Luke—. Vayamos uno a uno, considerando que el sujeto en cuestión es el culpable. Por ejemplo, Ellsworthy. ¡Pongamos que él es el asesino! De momento, tomémoslo por cierto. Y a continuación repasemos las posibles víctimas por orden cronológico. Primero la señora Horton. Es difícil saber qué motivos pudieron impulsarlo a deshacerse de ella. Pero sí hubo un medio. Horton habló de un brebaje que le hizo tomar a su esposa. Pudo añadir arsénico y administrárselo por esa vía. La pregunta es ¿por qué?

»Ahora veamos a las demás. Amy Gibbs. ¿Por qué mató Ellsworthy a Amy Gibbs? ¡La razón evidente es porque le estorbaba! Tal vez lo amenazó por incumplir una promesa. O puede que, habiendo asistido a una de las orgías, lo amenazase con contarlo. Lord Whitfield tiene mucha influencia en Wychwood y, según Bridget, es un hombre muy moral. Podría haber acusado a Ellsworthy si este último hubiera cometido algún acto particularmente obsceno. Por lo tanto, había que eliminar a Amy, aunque el método empleado no corresponda al de un asesino sádico.

»¿Quién sigue ahora? ¿Carter? ¿Por qué Carter? Era poco probable que supiera algo de las orgías que se celebraban a medianoche. ¿O se lo habría contado Amy? ¿Estaría su bella hija mezclada en todo aquello? ¿Le hizo la corte Ellsworthy? Debía entrevistarse con Lucy Carter. Quizá insultase a Ellsworthy y este se ofendiera. Quien ha cometido dos o tres asesinatos no debe de necesitar demasiados motivos para cometer otro.

»Ahora sigue Tommy Pierce. ¿Por qué mató Ellsworthy a Tommy Pierce? Muy fácil. Tommy había asistido a uno de los rituales de medianoche y lo amenazó con contarlo. Tal vez y, por ello, le cerró la boca para siempre.

»El doctor Humbleby. ¿Por qué lo mató Ellsworthy? ¡Este es el más sencillo de todos! Humbleby era médico y se había dado cuenta de que estaba trastornado. Puede que se dispusiese a hacer algo y por eso lo eliminó. El método es algo desconcertante. ¿Cómo supo que moriría por una infección de la sangre? ¿O murió de otra cosa? ¿Fue mera coincidencia lo de infección como consecuencia del rasguño en el dedo?

»La última fue la señorita Pinkerton. Los miércoles Ellsworthy cierra más temprano; pudo haber ido a la ciudad ese día. ¿Tendría coche? Nunca lo he visto con uno, pero eso no prueba nada. Pudo intuir que la señorita Pinkerton sospechaba de él y no quiso arriesgarse a que Scotland Yard creyera su historia. Tal vez tenían algo anterior sobre él.

»Este es el caso contra Ellsworthy. Ahora veamos su defensa. En primer lugar, no es el hombre, según la señorita Waynflete, de quien pudo sospechar la señorita Pinkerton. Y, por otra parte, no encaja en la vaga impresión que tengo de él. Al oír la historia de la señorita Pinkerton me imaginé un hombre muy distinto a Ellsworthy. Un hombre normal, por fuera, quiero decir, una persona de quien nadie sospecharía. Ellsworthy no inspira esa confianza. No, más bien tuve la sensación de que se trataba de un hombre como el doctor Thomas.

»Veamos. ¿Qué hay del doctor Thomas? Lo descarté después de hablar con él. Es un tipo muy afable y de aspecto inofensivo. Pero la principal característica del asesino, a menos que esté completamente equivocado, es que debe de ser una persona así. ¡La última de quien uno sospecharía! Y justo eso es lo que uno piensa al ver al doctor Thomas.

»Ahora sigamos el repaso. ¿Por qué mató el doctor Thomas a Amy Gibbs? La verdad es que no me parece probable que lo hiciera, pero ella fue a verlo aquel mismo día y fue él quien le dio el jarabe para la tos. Supongamos que fuese ácido oxálico. ¡Habría sido muy sencillo y astuto! ¿A quién llamaron cuando la encontraron envenenada, a Humbleby o a Thomas? De haber sido Thomas, pudo haber llevado una botella vieja de tinte, ponerla sobre la mesa sin que se percatasen y luego llevarse tan fresco las dos botellas para analizarlas. ¡Es posible si se tiene suficiente sangre fría!

»¿Y Tommy Pierce? Tampoco veo una razón plausible. Lo más difícil en el caso de nuestro doctor Thomas es el motivo. No encuentro ni siquiera un motivo absurdo. ¿Y Carter? ¿Por qué habría de querer hacerlo desaparecer? Lo único que se me ocurre es que Amy, Tommy y el tabernero supieran alguna cosa comprometida del doctor Thomas. ¡Ah! Supongamos que esa cosa fuera la muerte de la señora Horton. Él era su médico y ella murió tras una recaída inesperada. Producírsela estaba al alcance de su mano. Recordemos que Amy Gibbs estaba en la casa por aquel entonces. Pudo ver u oír lo sucedido. Eso explicaría su muerte. Sabemos que Tommy Pierce era muy entrometido, y no sería de extrañar que se enterara. ¿Dónde encaja Carter? Amy Gibbs se lo contaría y él tal vez lo repitió ante los contertulios, por lo que Thomas decidió hacerlo callar. Todo esto, claro, son meras conjeturas. Pero ¿qué otra cosa puedo hacer? Ahora vamos con Humbleby. ¡Ah! Por fin llegamos a una víctima en la que los motivos y el medio empleado resultan claros. Nadie mejor que el doctor Thomas pudo provocar la enfermedad de su colega, infectando la herida cada vez que se la vendaba. Ojalá las otras muertes fuesen tan fáciles de explicar.

»¿Y la señorita Pinkerton? Es algo más difícil, pero hay un hecho concluyente. El doctor Thomas se ausentó de Wychwood buena parte del día. Dijo que fue a atender un parto. Puede ser, pero persiste el hecho de que salió del pueblo en coche.

»¿Algo más? Sí, una cosa. La mirada que me dirigió cuando salía de su casa el otro día: condescendiente, con aire de superioridad, la sonrisa de un hombre que iba por delante y lo sabía.»

Luke suspiró, negó con la cabeza y continuó con sus razonamientos.

«¿Abbot? También es un hombre adecuado. Es normal, educado, respetable, el último de quien se sospecharía, etcétera, etcétera. Es engreído y resuelto. ¡Los asesinos acostumbran a serlo! Tienen un concepto muy alto de sí mismos. Creen que nadie los va a descubrir. Amy Gibbs fue a verlo. ¿Para qué? ¿Tal vez quería un consejo profesional? ¿O fue por un asunto íntimo? Tommy vio "la carta de una dama". ¿Sería suya? ¿O era una carta escrita por la señora Horton de la que se había apoderado Amy Gibbs? ¿Qué otra mujer habría escrito al señor Abbot una carta tan personal que le hiciera perder el dominio de sus nervios cuando el chico de los recados la leyó? ¿Qué más hay sobre Amy Gibbs? ¿El tinte para sombreros? Sí, podría ser propio de Abbot emplear un color tan pasado de moda. Los hombres como él ignoran lo que llevan las mujeres. ¿Y Tommy Pierce? Evidentemente, por lo que respecta a la carta, debía de ser muy interesante. ¿Carter? ¿Hubo alguna discusión a causa de la hija de

Carter? Abbot no habría montado un escándalo porque un rufián como Carter se atreviese a amenazarlo. ¡Él, que acababa de cometer dos asesinatos! ¡Pues otro más y aquí no ha pasado nada! La noche era oscura y bastó un empujón. La verdad es que esto de asesinar es casi demasiado fácil.

»¿Habré entendido la forma de pensar de Abbot? Creo que sí. Vio que una anciana lo miraba con recelo, que sospechaba de él. Luego la discusión con Humbleby. ¡Pobre Humbleby, mira que oponerse a Abbot, ese inteligente abogado y asesino! Pobre iluso: ¡no sospechaba lo que iba a ocurrirle!

»¿Y ahora qué? Volvamos a la mirada de Lavinia Pinkerton. Comprendió que sus ojos acababan de delatarlo. Él, que confiaba en no levantar sospechas, había confesado su culpabilidad. La señorita Pinkerton conocía su secreto, lo que había hecho. Sí, pero no tenía pruebas. ¿Y si las buscaba? ¿Y si hablaba? Abbot es astuto y conoce a las personas. Adivinaba lo que la señorita Pinkerton se disponía a hacer. Si iba a Scotland Yard con su historia, cabía la posibilidad de que la creyeran y empezasen a investigar. Había que hacer algo desesperado para impedirlo. ¿Salió en coche de Wychwood o alquiló uno en Londres? Sea como fuere, el caso es que no estuvo en Wychwood el día del derby.»

De nuevo, Luke hizo una pausa. Intentaba meterse tan a fondo en la mente de cada uno de los sospechosos que le resultaba difícil hacer las transiciones de uno a otro. Tuvo que esperar un minuto antes de imaginar al comandante Horton como presunto asesino.

«Horton mató a su esposa. ¡Comencemos por ahí! Tuvo motivos de sobra y, además, ganó mucho con su muerte. Para poder llevar a cabo con éxito su plan, tuvo que fingir estar muy enamorado. Y algunas veces exageró un poco.

»Perfecto, un crimen que queda impune. ¿Quién sigue ahora? Amy Gibbs. Sí, muy verosímil. Amy estaba en su casa, pudo ver algo, por ejemplo, cómo administraba un somnífero a su esposa en una taza de té. Tal vez ella no comprendió el significado hasta mucho después. El truco del tinte para sombreros podía habérsele ocurrido al comandante, un hombre muy masculino, no muy al corriente de los gustos femeninos. Resuelto lo de Amy.

»¿Y el borracho Carter? La misma sugerencia anterior. Amy debió de contárselo. Otro al que no había más remedio que eliminar.

»Ahora, Tommy Pierce. No hay que olvidar una vez más su naturaleza entrometida. La carta que leyó en el despacho del señor Abbot, ¿podía ser de la señora Horton y contener sus sospechas sobre que su esposo la envenenaba? Es solo una suposición atrevida, pero podría ser. De esta manera, Horton cae en la cuenta de que Tommy es una amenaza, así que sigue la misma suerte que Amy y Carter. ¿Es fácil matar? ¡Cielos, vaya si lo es!

»Pero ahora llegamos a una encrucijada. ¡Humbleby! ¿Motivos? Muy pocos. Humbleby era el médico que atendía a la señora Horton, pero no supo comprender su enfermedad. ¿No influiría Horton en su esposa para que cambiase de doctor? Thomas era más joven, menos suspicaz. De ser así, ¿por qué dejar a Humbleby con vida era peligroso tanto tiempo después? Ahí radica la dificultad, en el móvil para matarlo, y en el medio: una herida infectada. Nada de eso para poder vincularse con el comandante Horton.

»¿Y la señorita Pinkerton? Es posible. Horton tiene coche. Lo vi. Y ese día no estuvo en Wychwood, se supone que fue al derby. Puede ser. ¿Será Horton un asesino de sangre fría? ¿Lo es? Me gustaría saberlo.»

Luke repasó sus deducciones desde el principio. Su ceño fruncido evidenciaba el esfuerzo mental que estaba realizando.

«Es uno de ellos. No creo que sea Ellsworthy, pero ¡quién sabe! ¡Es el más sospechoso! Thomas es el menos probable, a no ser por el medio empleado en la muerte de Humbleby. La infección de la sangre indica que el asesino tenía conocimientos de medicina. Pudo ser Abbot. No hay tantas pruebas contra él como contra los demás, pero encaja mejor que los otros. ¡Y también Horton! Dominado durante años por su esposa, consciente de su insignificancia. Sí, pudo ser él. Pero la señorita Waynflete no opina así, no es tonta y conoce el lugar y la gente.

»¿De quién sospecha, de Abbot o de Thomas? Debe de ser de uno de los dos. Quizá si le pregunto directamente cuál es de los dos, me lo dirá.

»Pero aun así, puede equivocarse. ¿Cómo probar que tiene razón? ¿Cómo se convenció la señorita Pinkerton? Lo que necesito son más pruebas. Si se cometiera otro asesinato, solo uno más... entonces lo sabría.»

Y se detuvo sobresaltado ante la idea.

—¡Dios mío! —dijo por lo bajo—. Estoy pidiendo otro asesinato...

Capítulo 15

La extraña conducta
del chófer

Luke se sentía bastante incómodo mientras bebía una cerveza en la barra de la taberna. Seis pares de ojos seguían hasta sus más mínimos movimientos. Las conversaciones habían cesado al verlo entrar. Luke hizo algunos comentarios de interés general sobre las cosechas, el tiempo, el fútbol, pero no halló respuesta.

Solo le quedaba el recurso de piropear a la bella muchacha de cabellos negros y mejillas sonrosadas que servía tras el mostrador, y que supuso que era Lucy Carter.

Sus frases fueron recibidas de buen grado. La señorita Carter rio al tiempo que exclamaba: «¡No diga bobadas! ¡Estoy segura de que no piensa lo que ha dicho!», y cosas por el estilo.

Al ver que no sacaba nada quedándose en la taberna, terminó la cerveza y salió. Caminó por el sendero hasta llegar a la pasarela que cruzaba el río. Estaba contemplándola cuando una voz temblorosa dijo a sus espaldas:

—Aquí es, señor. Aquí cayó el viejo Harry.

Luke se volvió y se encontró ante uno de los parroquianos de la taberna, el más callado precisamente. Por lo visto, pretendía divertirse guiándolo por aquel tétrico lugar.

—Fue a parar al barro —dijo el campesino—. Y quedó clavado como un palo, cabeza abajo.

—Es extraño que se cayera desde aquí —comentó Luke.

—Estaba borracho —replicó el otro con indulgencia.

—Sí, pero debía de haber pasado muchas veces por este lugar en ese mismo estado.

—Casi todas las noches —dijo el guía improvisado—. Siempre estaba borracho.

—Puede que alguien lo empujara —apuntó Luke como si se le acabara de ocurrir.

—Puede ser. Pero no sé quién.

—Debía de tener algunos enemigos. ¿No dicen que tenía bastante mal genio cuando andaba bebido?

—¡Daba miedo oírlo! No medía sus palabras. Pero nadie empujaría a un hombre borracho.

Luke no se lo discutió. Era evidente que no es muy divertido aprovecharse de la inferioridad de un hombre en ese estado. El campesino parecía sorprendido por la idea.

—Fue una desgracia lamentable —comentó Luke.

—No para sus familiares —contestó el viejo—. Su esposa y Lucy no tienen por qué estar tristes.

—Puede que haya otras personas que se alegren de su muerte.

El viejo no parecía estar muy seguro.

—Puede ser —dijo—, pero nunca quiso mal a nadie.

Y con este epitafio dedicado al fallecido, se separaron.

Luke dirigió sus pasos hacia la antigua casa de los Waynflete. Las dos habitaciones que daban a la fachada estaban dedicadas a la biblioteca. Luke pasó a la parte de atrás por una puerta en la que se leía MUSEO. Una vez dentro, fue de una vitrina a otra para contemplar lo que en ellas se exhibía.

Algo de alfarería romana y monedas, curiosidades de los mares del sur y un tocado malayo, varios ídolos indios «donados por el comandante Horton», junto con un buda de aspecto malvado y una vitrina llena de abalorios de dudosa procedencia egipcia.

Luke volvió al vestíbulo. No había nadie. Sin hacer ruido, subió la escalera hasta llegar a una habitación llena de revistas y periódicos, y a otra dedicada a libros de texto.

Subió a la planta de arriba. Había habitaciones repletas de lo que él llamaba cachivaches: pájaros disecados, retirados del museo por los desperfectos ocasionados por las polillas; montones de revistas deterioradas y estantes abarrotados de novelas pasadas de moda y libros infantiles.

Se aproximó a la ventana. Tommy Pierce debía de haberse sentado allí silbando y limpiando de vez en cuando los cristales cuando oyó que alguien entraba.

Sí, alguien había entrado. Tommy habría mostrado su celo limpiando los cristales con medio cuerpo fuera y, entonces, la persona que había entrado momentos antes se le habría acercado y, mientras hablaba, le habría dado un empujón.

Luke dio media vuelta. Bajó la escalera y permaneció un par de minutos en el vestíbulo. Nadie lo había visto entrar por la puerta, ni nadie lo había visto subir la escalera.

«¡Cualquiera pudo hacerlo! —se dijo—. Es la cosa más sencilla del mundo.»

Se oyeron pasos procedentes de la biblioteca. Puesto que era inocente y no tenía por qué ocultarse, se quedó donde estaba. Si no hubiese querido que lo vieran, ¡qué fácil habría sido entrar en el museo!

La señorita Waynflete salió de la biblioteca con un montón de libros bajo el brazo. Se estaba poniendo los guantes y parecía feliz y satisfecha. Al verlo, se le iluminó el semblante y exclamó:

—¡Señor Fitzwilliam! ¿Ha visitado el museo? No tenemos muchas cosas interesantes. Lord Whitfield quiere obsequiarnos con algunas realmente buenas.

—¿Sí?

—Sí, algo moderno, ¿sabe usted?, y de actualidad, como tienen en el Museo de las Ciencias de Londres. Modelos de aviones, locomotoras y algo de química.

—Eso quizá lo animaría.

—Sí. No creo que un museo deba tratar solamente de cosas antiguas, ¿no le parece?

—Tal vez.

—Luego podrían ponerse algunas muestras relacionadas con la comida: calorías y vitaminas, y todo eso. Lord Whitfield está entusiasmado con su campaña en favor del bienestar físico.

—Eso le oí decir la otra noche.

—Es un tema de actualidad, ¿no le parece? Lord Whitfield me contó que había visitado el Instituto Wellerman, donde vio tantos gérmenes y bacterias. Me dieron escalofríos. Me habló de mosquitos, enfermedades del sueño y de un parásito del hígado que reconozco que fue demasiado para mí.

—Probablemente lo fueron para él también —dijo Luke risueño—. Apuesto a que lo entendió todo mal. Usted tiene una inteligencia mucho más aguda que él, señorita Waynflete.

—Es usted muy amable, señor Fitzwilliam, pero me temo que las mujeres no somos tan reflexivas como los hombres.

Luke contuvo su deseo de hablar mal de la inteligencia de lord Whitfield y, en vez de eso, contestó:

—He visitado el museo y luego subí a echar una ojeada a las ventanas de arriba.

—¿Quiere usted decir donde Tommy...? —La señorita Waynflete se estremeció—. Fue horrible.

—Sí. No es un recuerdo grato. He pasado cerca de una hora con la señora Church, la tía de Amy. ¡Qué mujer tan desagradable!

—Desde luego.

—Tuve que mostrarme duro —comentó Luke—. Me parece que debe de pensar que soy un superpolicía.

Se detuvo al ver el súbito cambio en la expresión de la señorita Waynflete.

—Señor Fitzwilliam, ¿cree usted que hizo bien?

—La verdad es que no lo sé —respondió Luke—. Creo que era inevitable. La historia de escribir un libro se agotaba, no podía seguir con ella. Tenía que preguntarle las cosas sin rodeos.

La señorita Waynflete negó con la cabeza con la misma expresión de inquietud.

—En un sitio como este, las noticias vuelan.

—Quiere usted decir que todo el mundo dirá, cuando me vean doblar una esquina: «Ahí va el detective». No creo que me importe. Así podré averiguar muchas más cosas.

—No pensaba en eso. —La señorita Waynflete parecía algo impaciente—. Me refiero a que él sabrá que está sobre su pista.

—Lo supongo.

—Pero ¿no ve que es peligrosísimo para usted? ¡Es horrible!

—Quiere decir... —Luke comprendió su punto de vista—. ¿Que el asesino intentará eliminarme a mí?

—Sí.

—Es curioso —respondió Luke—. No se me había ocurrido. Y creo que tiene razón. Bueno, eso es lo mejor que puede ocurrir.

—¿No se da usted cuenta de que el asesino es un hombre muy listo? ¡Y prevenido! Recuerde que tiene mucha experiencia, tal vez más de la que imaginamos.

—Sí —contestó Luke, pensativo—. Eso es probable, sin duda.

—¡No me gusta nada! La verdad es que estoy muy asustada.

—No tiene por qué inquietarse —dijo Luke amablemente—. Le aseguro que estaré alerta. ¿Sabe? He reducido mucho el círculo de sospechosos. Tengo una ligera idea de quién es el asesino.

Ella lo miró sorprendida. Luke se le acercó para susurrarle:

—Señorita Waynflete, si le preguntara cuál de estos dos hombres considera que es el asesino más probable, el doctor Thomas o el señor Abbot, ¿qué me contestaría?

—¡Oh! —exclamó la señorita Waynflete.

Se llevó las manos al pecho y dio un paso atrás al tiempo que lo contemplaba con una expresión que lo intrigó. Su mirada reflejaba impaciencia y algo más que no alcanzaba a entender.

—No puedo decir nada.

Se volvió con un sonido extraño; entre un suspiro y un sollozo.

Luke se resignó.

—¿Va a su casa? —le preguntó.

—No. Iba a llevar estos libros a la señora Humbleby. Queda a medio camino de Ashe Manor. Podemos caminar juntos un rato.

—Encantado —dijo Luke.

Bajaron la escalera y siguieron por la izquierda rodeando el prado.

Luke se volvió para mirar la silueta majestuosa del edificio que acababan de abandonar.

—Debió de ser una casa preciosa en tiempos de su padre —comentó.

—Sí, fuimos muy felices aquí —suspiró—. Me alegro tanto de que no la hayan derruido, como hacen con la mayoría de las casas antiguas.

—Sí, es una lástima.

—Y la verdad es que las nuevas no están tan bien construidas.

—Dudo que duren tanto tiempo.

—Pero —apuntó la señorita Waynflete— las nuevas son más cómodas: ahorran mucho trabajo y no tienen tantos pasillos que fregar.

Luke asintió.

Al llegar a casa del difunto doctor Humbleby, la señorita Waynflete dijo:

—Hace una tarde espléndida. Si no le importa, voy a seguir un poco más en su compañía. Me encanta respirar este aire.

Aunque algo sorprendido, Luke se mostró complacido con una frase cortés. No era precisamente una tarde apacible. Soplaba un viento fuerte, que doblaba las ramas de los árboles. Según su parecer, no tardaría en estallar una tormenta.

A pesar de todo, la señorita Waynflete caminaba a su lado muy contenta, sujetando su sombrero con la mano y charlando animadamente.

Tomaron un sendero solitario, un atajo desde la casa del doctor Humbleby hasta Ashe Manor, aunque no iba hasta la puerta principal, sino a una entrada de la parte de atrás. La entrada en cuestión no estaba hecha con el mismo hierro forjado, lleno de volutas, de la verja principal, sino que consistía en dos elegantes pilares coronados por dos inmensas piñas rosas. Luke no se explicaba qué hacían allí. Lord Whitfield debía de considerarlas un signo de distinción y buen gusto.

Al acercarse a la entrada, llegó hasta ellos el rumor de unas voces airadas. Momentos después vieron a lord Whitfield y a un joven con uniforme de chófer.

—¡Queda usted despedido! —gritaba lord Whitfield—. ¿Lo oye? ¡Está despedido!

—Si quisiera perdonarme por esta vez, milord. No volverá a suceder.

—¡No, no le perdono! ¡Salir en mi coche! ¡Mi coche! ¡Y lo que es peor, ha estado bebiendo! ¡Sí, no lo niegue! Hay tres cosas que no tolero en mi finca: una es el exceso en la bebida, otra la inmoralidad y la tercera son las impertinencias.

Aunque el joven no estaba borracho en aquel momento, había bebido lo suficiente como para irse de la lengua. Su actitud cambió de repente.

—¡Así que no consiente esto, ni lo otro, viejo sinvergüenza! ¡Su finca! ¿Cree que no sabemos que su padre tenía una zapatería? Nos morimos de risa viéndolo cacarear como un gallo. ¿Quién es usted? Me gustaría saberlo. No es mejor que yo. Eso es.

Lord Whitfield se tornó púrpura de rabia.

—¿Cómo se atreve a hablarme así? ¿Cómo se atreve?

El joven dio un paso hacia delante en actitud amenazadora.

—Si no fuese un cerdo miserable y barrigón, le pegaría un buen puñetazo en la cara, ya lo creo.

Lord Whitfield se apresuró a retroceder, pero pisó una raíz y se cayó al suelo.

Luke se les había acercado.

—Váyase —ordenó al chófer con voz áspera.

El joven recobró la compostura. Parecía asustado.

—Lo siento, señor. No sé qué me ha pasado, se lo aseguro.

—Yo diría que lleva un par de copas de más —le dijo Luke, y ayudó a levantarse a lord Whitfield.

—Le... le ruego que me perdone, milord —tartamudeó el hombre.

—Se arrepentirá de esto, Rivers —respondió lord Whitfield con voz temblorosa por la ira.

El joven vaciló unos momentos y luego echó a andar despacio.

—¡Valiente impertinente! —exclamó el dueño de la casa—. ¡Hablarme así! ¡Acabará pasándole algo muy serio! No tiene respeto ni sentido de su lugar en la vida. Cuando pienso en lo mucho que he hecho por esta gente: buenos sueldos, comodidades, una pensión cuando se jubilan... Ingratitud, siempre ingratitud.

Estaba muy indignado. Entonces se percató de la presencia de la señorita Waynflete, que permanecía callada.

—¿Eres tú, Honoria? ¡Cuánto lamento que hayas presenciado una escena tan desagradable! Ese hombre emplea un lenguaje...

—Me parece que ese joven no estaba en sus cabales, lord Whitfield —dijo la señorita Waynflete.

—¡Estaba bebido, eso es, bebido!

—Solo un poco alegre —respondió Luke.

—¿Saben ustedes lo que hizo? —explicó lord Whitfield con la mirada fija en ellos—. Cogió mi coche. ¡Mi coche! No pensó que yo regresaría tan pronto. Bridget me llevó a Lyme en el dos plazas. Y ese sujeto tuvo la desfachatez de llevarse a una muchacha, Lucy Carter, según creo, ¡en mi coche!

—Un comportamiento de lo más deshonesto —repuso la señorita Waynflete.

Lord Whitfield se sintió comprendido.

—Sí, ¿no le parece?

—Pero estoy segura de que se arrepentirá.

—¡Ya lo creo!

—Lo ha despedido, ¿verdad?

Lord Whitfield asintió con la cabeza.

—Ese individuo acabará mal. —Se irguió echando atrás los hombros y dijo—: Acompáñame, Honoria, y tomemos una copa de jerez.

—Gracias, pero debo llevar estos libros a la señora Humbleby. Buenas noches, señor Fitzwilliam. Ahora está usted a salvo.

Le dirigió una inclinación de cabeza y echó a andar con paso enérgico. Su actitud era la de una institutriz que acompaña a un niño a una fiesta, y Luke se vio asaltado por una idea repentina. ¿Era posible que lo hubiese acompañado para protegerlo? Le parecía ridículo, pero...

La voz de lord Whitfield interrumpió sus meditaciones.

—Honoria Waynflete es una mujer muy competente.

—Mucho, ya lo creo.

Lord Whitfield empezó a caminar hacia la casa con bastante dificultad y frotándose el trasero dolorido.

De pronto se echó a reír.

—Honoria y yo fuimos novios hace muchos años. Era una muchacha muy atractiva, no estaba tan flaca como en la actualidad. Ahora me parece extraño. Eran los aristócratas del lugar.

—¿Sí?

—El coronel Waynflete dirigía el cotarro. Había que saludarlo cuadrándose y dándose un toque en la gorra. Era de la vieja escuela, más soberbio que Lucifer.

Y de nuevo se echó a reír.

—¡La que se armó cuando Honoria les anunció que iba a casarse conmigo! Ella se definía como radical. Era muy entusiasta. Estaba a favor de la desaparición de las clases sociales. Una muchacha muy seria.

—Así que ¿su familia rompió el idilio?

—Pues no exactamente. —Lord Whitfield se frotó la nariz—. A decir verdad, tuvimos una discusión. Ella tenía un canario, uno de esos que no paran de cantar, siempre los he aborrecido, y acabó con el pescuezo retorcido. Bueno, ¿para qué hablar de ello? Olvidémoslo. —Se encogió de hombros como quien se sacude un recuerdo desagradable, uno de esos recuerdos molestos, antes de añadir—: No creo que me haya perdonado. Bueno, puede que sea lo natural.

—Yo opino que ya le ha perdonado —dijo Luke.

—¿De veras? —El rostro del lord se iluminó—. Sabe que la respeto. Es una mujer muy capaz y toda una señora. Eso es muy importante, incluso en nuestros días. Lleva muy bien la biblioteca.

De pronto, su voz cambió.

—¡Hola! —dijo—. Ahí viene Bridget.

Capítulo 16

La piña

Luke sintió que todos sus músculos se ponían en tensión mientras Bridget se aproximaba.

No habían vuelto a verse a solas desde el día del partido de tenis. De mutuo acuerdo procuraban evitarse, pero ahora la miró.

Ella mostraba una calma provocativa, fría e indiferente.

—Ya empezaba a preguntarme qué había sido de ti, Gordon —dijo alegremente.

—¡He tenido una discusión! Ese individuo, Rivers, ha cometido la impertinencia de coger el Rolls.

—*Lèse-majesté* —señaló Bridget.

—No me parece bien que hagas chistes. Esto es serio. Salió con una muchacha.

—¡No creo que sea muy divertido salir solo!

—En mi casa quiero que todos se comporten de un modo decente.

—Hoy en día no se considera indecente pasear en coche con una chica.

—Lo es cuando se trata de mi coche.

—Lo cual, como es natural, constituye algo peor que una indecencia. Casi es una profanación. Pero tú no puedes acabar con las pulsiones de este mundo, Gordon. Hay luna llena y esta noche es víspera de San Juan.

—¿De veras? —preguntó Luke sorprendido.

Bridget se dignó mirarlo.

—Parece que le interesa.

—Sí.

—Acaban de llegar tres personajes extraordinarios a la posada. —Bridget se dirigió a lord Whitfield—. Un hombre vestido con pantalones cortos, gafas y una preciosa camisa de seda color ciruela. Una señora sin cejas, con una especie de túnica, un montón de abalorios egipcios y sandalias, y un hombre gordo con un traje color lila y zapatos a juego. ¡Supongo que deben de ser amigos del señor Ellsworthy! Según el chismorreo local, «esta noche habrá mucha actividad en el prado de las Brujas».

Lord Whitfield se puso muy colorado:

—¡No lo permitiré!

—No puedes evitarlo, cariño. El prado de las Brujas es público.

—¡No consentiré que celebren allí sus tonterías sacrílegas! Lo publicaré en *Scandals*. —Hizo una pausa antes de continuar—: Recuérdame que le pase nota a Siddely para que se ocupe del tema. Tengo que ir mañana a la ciudad.

—La campaña de lord Whitfield contra la brujería

—cantó Bridget—. Las supersticiones del medievo perduran en los pueblos.

Lord Whitfield la miró con el ceño fruncido, luego dio media vuelta y echó a andar hacia la casa.

—¡Deberías representar mejor tu papel, Bridget! —dijo Luke complacido.

—¿Qué quieres decir?

—¡Sería una lástima que perdieras tu empleo! Aún no tienes las cien mil libras ni las perlas ni los diamantes. Si yo estuviese en tu lugar, esperaría a que se hubiese celebrado la ceremonia matrimonial para ejercer mis dotes sarcásticas.

—¡Piensas en todo, querido Luke! —replicó ella mirándolo con frialdad—. ¡Eres muy amable al preocuparte por mi porvenir!

—La bondad y la consideración han sido siempre mis puntos fuertes.

—No lo había notado.

—¿No? ¡Qué raro!

Bridget arrancó una hoja de una enredadera.

—¿Qué has hecho hoy?

—Las investigaciones de costumbre.

—¿Con resultado?

—Sí y no, como dicen los políticos. A propósito, ¿hay herramientas en esta casa?

—Supongo que sí. ¿Qué clase de herramientas?

—¡Oh!, tan solo algunas cosillas. Puedo cogerlas yo mismo.

Diez minutos más tarde, Luke había seleccionado lo que le interesaba del estante de un armario.

—Estas me irán de primera —dijo, y se palmeó el bolsillo donde las había guardado.

—¿Es que te propones forzar una casa?

—Tal vez.

—No eres muy comunicativo.

—Después de todo, la situación está minada de dificultades. Estoy en una posición endiablada. Supongo que debí marcharme después de nuestra charla del sábado.

—Para comportarte como un caballero, desde luego.

—Pero, puesto que estoy convencido de que sigo de cerca la pista de un maniático homicida, me veo obligado a quedarme. Si se te ocurre alguna razón convincente para que me marche de aquí y me traslade a Bells & Motley, por favor, dímela.

—No es posible. Te creen primo mío. Además, la posada está ocupada por los amigos del señor Ellsworthy. Solo tiene tres habitaciones.

—Así que me veo obligado a quedarme, pese a lo mucho que te molesta.

—No lo creas. —Bridget le sonrió dulcemente—. Estoy acostumbrada a soportar a mis admiradores.

—Eso —dijo Luke— no tiene ninguna gracia. Lo que más admiro de ti, Bridget, es la carencia total de bondad. Bueno, bueno, el amante despreciado va a cambiarse para la cena.

La velada pasó sin más incidentes. Luke se ganó la simpatía de lord Whitfield por la aparente atención con que escuchaba su discurso vespertino.

Cuando pasaron al salón, Bridget les dijo:

—Nos han dejado solas mucho rato, caballeros.

—Lord Whitfield tiene una conversación tan interesante que se nos ha pasado el tiempo volando —contestó Luke—. Me ha contado cómo fundó su primer periódico.

—Estos arbolitos frutales en tiestos son una maravilla, Gordon —intervino la señora Anstruther—. Tendrías que poner unos cuantos en la terraza.

La conversación continuó en la tónica habitual. Luke se retiró temprano, aunque no para dormir. Tenía otros planes.

Al dar las doce descendió la escalera con sus zapatillas deportivas para no hacer ruido, cruzó la biblioteca y salió por uno de los ventanales.

El viento soplaba con violencia, aunque en ráfagas intermitentes. Las nubes cruzaban el cielo y cubrían la luna de modo que la oscuridad se alternaba con la brillante luz de la luna.

Luke dio un rodeo para dirigirse al establecimiento del señor Ellsworthy. Veía el camino libre para proceder a una pequeña inspección. Estaba casi seguro de que el dueño y sus amigos estarían ausentes en una fecha como esa. La víspera de San Juan tenía que ser muy apropiada para sus ceremonias. Por lo tanto, era una buena ocasión para inspeccionar la casa del señor Ellsworthy.

Saltó una tapia y llegó al patio trasero de la casa, sacó las herramientas del bolsillo y seleccionó la que creyó conveniente. Una ventana era perfecta para sus propósitos. Pocos minutos después había hecho saltar el pestillo y entraba en el interior.

Iba provisto de una linterna y la usó con prudencia. Lanzó solo un destello para ver el camino y evitar tropezar con los muebles.

Un cuarto de hora más tarde estaba convencido de que no había nadie en la casa. El propietario estaba fuera ocupado en sus propios asuntos.

Luke sonrió satisfecho y comenzó su tarea.

Realizó una búsqueda minuciosa en todos los rincones y recovecos. En un cajón cerrado con llave, debajo de dos o tres inocentes bocetos en acuarela, encontró otras muestras de los esfuerzos artísticos del señor Ellsworthy, que le hicieron enarcar las cejas con un silbido. La correspondencia no le dijo nada, pero algunos de los libros, amontonados en la parte de atrás de un armario, llamaron su atención.

Además de esto, encontró tres detalles interesantes. El primero, una nota escrita con lápiz en una libretita: «En paz con Tommy Pierce...», y con fecha de dos días antes de la muerte del muchacho. El segundo, un boceto a lápiz de Amy Gibbs con el rostro atravesado por una cruz roja. Y el tercero, una botella de jarabe para la tos. Ninguna de estas cosas era una prueba decisiva, pero juntas constituían una esperanza.

Luke comenzaba a colocar las cosas en su lugar cuando, de repente, se puso tenso y apagó la linterna.

Acababa de oír el ruido de una llave en la cerradura.

Se dirigió a la puerta de la habitación y espió por

una rendija. Confiaba en que si era Ellsworthy fuese directamente arriba.

Se abrió la puerta y Ellsworthy encendió la luz al entrar. Luke le vio la cara mientras el anticuario cruzaba el vestíbulo dando saltitos. Contuvo la respiración.

Ellsworthy estaba irreconocible. El paso inseguro, la boca espumeante y los ojos iluminados por una expresión de locura.

Pero lo que hizo a Luke contener la respiración fueron sus manos. Estaban teñidas de rojo oscuro, el color de la sangre seca.

Desapareció por la escalera. Momentos después, se apagó la luz del vestíbulo.

Luke aguardó un poco más, abandonó el cuarto, llegó al lavadero y salió por la ventana con gran precaución. Miró hacia la casa, que estaba oscura y silenciosa. Inspiró con fuerza un par de veces.

«¡Dios mío! —se dijo—. ¡Ese hombre está loco! ¿Qué es lo que habrá hecho? Juraría que llevaba las manos manchadas de sangre.»

Regresó a Ashe Manor dando un rodeo por el pueblo y siguiendo por el camino más largo. Al llegar al último recodo, oyó un ruido entre los arbustos que lo hizo volverse bruscamente.

—¿Quién anda ahí?

Una figura alta, envuelta en una capa oscura, salió de detrás de un árbol. Parecía algo tan siniestro que al joven se le heló la sangre. Entonces reconoció el semblante pálido debajo de la capucha.

—¡Bridget! ¡Vaya susto me has dado!

—¿Dónde has estado? —replicó con aspereza—. Te he visto salir.

—¿Y me has seguido?

—No. Ibas demasiado rápido. He esperado a que volvieras.

—¡Qué tontería! —gruñó Luke.

Ella repitió impaciente su pregunta:

—¿Dónde has estado?

—He allanado la mansión del señor Ellsworthy —respondió jocosamente.

—¿Encontraste algo?

—No lo sé. Sé algunas cosas más sobre ese canalla, sus gustos y todo eso, y encontré tres cosas que pueden resultar interesantes.

Ella escuchó con atención el relato de sus pesquisas.

—No es que sean pruebas muy sólidas, ¿sabes? —concluyó Luke—. Pero cuando iba a salir regresó Ellsworthy. Y escucha lo que te digo: ¡ese hombre está loco de remate!

—¿De veras?

—Vi su cara: su expresión era indescriptible. ¡A saber de dónde venía! Era presa de un delirio de locura. Y juraría que llevaba las manos manchadas de sangre.

Bridget se estremeció.

—Es horrible.

—No deberías haber salido, Bridget —la amonestó Luke, irritado—. Es una locura. Alguien podría haberte dado un golpe en la cabeza.

—Aplícate el cuento, querido —replicó ella con una risa trémula.

—Yo sé cuidar de mí mismo.

—Yo tampoco lo hago mal. Supongo que vas a llamarme testaruda.

Sopló una fuerte ráfaga de viento.

—¡Quítate la capucha! —exclamó Luke de repente.

—¿Por qué?

Con un movimiento brusco le arrancó la capa. El viento le alborotó el pelo. Ella lo miró con la respiración agitada.

—La verdad es que te falta la escoba, Bridget. Así es como te vi la primera vez. —La miró a los ojos durante unos instantes—. Eres muy cruel.

Con un suspiro de impaciencia, le devolvió la capa.

—Toma, póntela. Volvamos a casa.

—Espera.

—¿Por qué?

Se acercó para hablarle en un susurro.

—Porque tengo algo que decirte. En parte es por eso por lo que te esperé aquí, fuera de la casa. Quiero decírtelo antes de que entremos en la propiedad de Gordon.

—¿Y bien?

—¡Oh, es muy sencillo! —Ella rio con amargura—. Tú ganas, Luke. ¡Eso es todo!

—¿Qué quieres decir?

—Quiero decir que he renunciado a la idea de ser lady Whitfield.

Luke dio un paso hacia delante.

—¿Es eso cierto? —preguntó.

—Sí, Luke.

—¿Te casarás conmigo?

—Sí.

—¿Y por qué, si puede saberse?

—No lo sé. Me has dicho cosas horribles, pero me ha gustado que lo hicieras.

Él la tomó en sus brazos para besarla.

—¡El mundo está loco!

—¿Eres feliz, Luke?

—No demasiado.

—¿Crees que serás feliz conmigo?

—No lo sé. Me arriesgaré.

—Sí, eso es lo que yo opino.

—Somos bastante raros, querida. —La agarró del brazo—. Vámonos. Tal vez mañana seamos más sensatos.

—Sí, es sorprendente cómo suceden las cosas. —Miró al suelo y lo hizo detenerse—. Luke... Luke... ¿Qué es eso?

La luna acababa de salir tras una nube. Luke miró el lugar donde el pie de Bridget temblaba junto a un bulto acurrucado.

Con una exclamación la soltó, se arrodilló junto al hallazgo, y desde allí alzó la vista para observar el poste de la entrada. La piña de piedra no estaba.

Finalmente, se puso de pie. Bridget, a su lado, se tapaba la boca con las manos.

—Es el chófer, Rivers. Está muerto.

—Esa maldita piedra hace tiempo que se había soltado. Supongo que ha debido de caérsele encima.

Luke negó con la cabeza.

—No puede haber sido el viento. ¡Oh! Eso ha conseguido que parezca, eso es lo que quiere que parezca, otro accidente. Pero es mentira. El asesino ha vuelto a actuar.

—No, no, Luke.

—Te digo que sí. ¿Sabes lo que he notado en la parte posterior de su cabeza, mezclado con la sangre y el pelo? Granos de arena. Aquí no la hay. Te digo que alguien se ocultó para golpearle cuando cruzó la entrada. Luego lo tendió aquí y después hizo caer la piña sobre él.

—Luke, tienes sangre en las manos. —Bridget habló con voz desmayada.

—Alguien más tiene sangre en las manos esta noche. ¿Sabes lo que pensaba esta tarde? Que si se cometía otro crimen podría identificar al asesino. Y ahora puedo hacerlo. ¡Es Ellsworthy! Salió esta noche y regresó con aspecto de poseído y con las manos manchadas en sangre.

—¡Pobre Rivers! —gimió Bridget temblorosa.

—Sí. Pobre hombre. ¡Qué mala suerte! Pero este será su último crimen, Bridget. ¡Ahora ya sabemos quién es y lo atraparemos!

Vio cómo se tambaleaba y, con dos zancadas, llegó a tiempo de sujetarla entre sus brazos con todas sus fuerzas.

—Luke, estoy asustada —dijo con voz de niña.

—Ya pasó todo, cariño. Ya pasó todo.

—Sé bueno conmigo, por favor. Me has hecho sufrir mucho.

—Nos hemos hecho sufrir mutuamente, pero no volveremos a hacerlo.

Capítulo 17

Lord Whitfield habla

El doctor Thomas miró a Luke desde el otro lado de su escritorio.

—¡Es extraordinario! ¡Extraordinario! ¿Habla usted en serio, señor Fitzwilliam? ¿De veras?

—Desde luego. Estoy convencido de que Ellsworthy es un maníaco peligroso.

—No le he prestado una atención especial, aunque no niego que puede ser un tipo raro.

—Yo iría mucho más allá que eso —afirmó Luke con severidad.

—¿Cree usted en serio que Rivers fue asesinado?

—Sí. ¿Observó usted los granos de arena pegados a la herida?

—Me fijé después de que me lo hiciera usted notar, y tengo que confesar que estaba en lo cierto.

—Entonces, está claro que no fue un accidente y que lo mataron con un saco de arena o, en cualquier caso, lo derribaron con él.

—No necesariamente.

—¿Qué quiere decir?

El doctor Thomas se recostó en el sillón y juntó las yemas de los dedos.

—Supongamos que ese hombre, Rivers, hubiese estado tumbado en un arenal durante el día; hay varios en los alrededores. Eso explicaría la presencia de los granos de arena en su pelo.

—¡Le digo que fue asesinado!

—Usted puede decirlo —señaló el doctor Thomas con un tono desabrido—, pero eso no constituye un hecho fehaciente.

Luke dominó su exasperación.

—Supongo que no cree ni una palabra de lo que le estoy diciendo.

—Debe admitir, señor Fitzwilliam —contestó Thomas con una sonrisa de superioridad—, que es una teoría bastante absurda. Usted asegura que Ellsworthy ha matado a una criada, a un mozalbete, a un tabernero borracho, a mi propio colega y ahora a Rivers.

—¿No lo cree?

El médico se encogió de hombros.

—Conozco algo del caso Humbleby. Me parece improbable que el causante de su muerte fuese Ellsworthy. No veo que tenga ninguna prueba.

—No sé cómo lo haría —confesó Luke—, pero todo concuerda con el relato de la señorita Pinkerton.

—También asegura que Ellsworthy la siguió hasta Londres para arrollarla con su automóvil. Tampoco tiene ninguna prueba. Son todo simples elucubraciones sin ningún fundamento.

—Ahora que sé a qué atenerme, me dedicaré a la búsqueda de pruebas —proclamó Luke—. Mañana iré a Londres a ver a un amigo mío. He leído en el periódico que lo han nombrado subjefe de policía. Me conoce y escuchará lo que tengo que decirle. Estoy seguro de que ordenará una investigación en toda regla.

El doctor Thomas se frotó la barbilla, pensativo.

—Bien, me parece una buena forma de proceder. Por si resulta que está equivocado...

—¿De modo que no ha creído ni una palabra de lo que le he contado? —lo interrumpió Luke.

—¿Sobre los asesinatos en serie? —Enarcó las cejas—. Con franqueza, señor Fitzwilliam, no. Es demasiado inverosímil.

—Tal vez, pero concuerda. Tiene que admitir que todo encaja, si admite como cierta la historia de la señorita Pinkerton.

El doctor Thomas negó con la cabeza y esbozó una sonrisa.

—Si conociera a esas solteronas tan bien como las conozco yo... —murmuró.

Luke se puso de pie mientras intentaba contener su contrariedad.

—Está claro que hace usted honor a su nombre. Le domina la duda como a santo Tomás.

—Deme pruebas, querido amigo —respondió el otro de buen humor—. Es todo lo que le pido. Y no este galimatías melodramático basado en lo que creyó ver una anciana.

—Lo que imaginan esas damas acostumbra a ser

cierto. Mi tía Mildred no fallaba nunca. ¿Tiene usted tías, señor Thomas?

—Pues no.

—¡Grave error! —dijo Luke—. Todos los hombres deberían tenerlas. Reflejan el triunfo de las corazonadas sobre la lógica. Ese es su privilegio: tener la certeza de que el señor X es un bribón porque se parece a un mayordomo poco honrado que tuvieron una vez. Otras personas opinarían que un hombre tan respetable no puede ser un pícaro, pero ellas siempre tienen razón.

El doctor Thomas volvió a dedicarle una sonrisa de suficiencia. Luke sintió crecer su exasperación.

—¿No se da cuenta de que soy un policía y no un simple aficionado?

—¡En Mayang Straits! —respondió el otro con una sonrisa.

—Un crimen es un crimen, aunque sea en Mayang Straits.

—Claro, claro.

Luke abandonó la consulta del doctor Thomas en un estado de irritación contenida y fue a reunirse con Bridget.

—Bueno, ¿cómo te ha ido?

—No ha querido creerme —contestó Luke—. Lo cual, si lo meditas bien, no deja de ser bastante lógico. Es una historia absurda, sin pruebas, y el doctor Thomas no es de los que creen seis cosas imposibles antes del desayuno.

—Alguien te creerá.

—Probablemente nadie, pero mañana, cuando hable con el viejo Billy Bones, este asunto se pondrá en marcha. Interrogarán a nuestro amigo melenudo, el señor Ellsworthy, y es posible que al final consigan algo.

—Nos estamos exponiendo mucho, ¿no te parece? —comentó Bridget, pensativa.

—Tenemos que hacerlo. No podemos permitir que se cometan más asesinatos.

—Por Dios, Luke, ten cuidado —dijo Bridget con un escalofrío.

—Ya lo tengo. No me acerco a las verjas rematadas con piñas de piedra, evito pasar por el bosque al atardecer y vigilo los alimentos que ingiero. Conozco los trucos del asesino.

—Es horrible pensar que puedes ser el blanco del asesino. Eres un hombre marcado.

—Me da lo mismo mientras tú no lo seas.

—Puede que sí.

—No lo creo, pero no tengo intención de arriesgarme. Voy a vigilarte como si fuese tu ángel de la guarda.

—¿Y no sería mejor decírselo a la policía local?

—No. Creo que es mejor ir directamente a Scotland Yard.

—Así opinaba la señorita Pinkerton —murmuró la muchacha.

—Sí, pero yo estoy prevenido.

—Ya sé lo que haré mañana —dijo Bridget—. Haré que Gordon me lleve a la tienda de esa bestia y compraremos de todo.

—¿Para evitar que el señor Ellsworthy me tienda una emboscada en la escalera de Whitehall?

—Exacto.

—Y en cuanto a lord Whitfield... —señaló Luke un tanto violento.

—Esperaremos a que vuelvas mañana. Entonces hablaremos con él —se apresuró a contestar Bridget.

—¿Crees que se enfadará?

—Pues... —Bridget pensó lo que iba a decir—, lo contrariará.

—¿Solo lo contrariará? ¡Cielos! ¿No lo pones demasiado fácil?

—No, porque a Gordon no le gusta que lo contraríen. ¡Se enfurece!

—Me siento muy incómodo —dijo Luke con sinceridad.

Aquel sentimiento creció en su mente mientras escuchaba esa noche por enésima vez el discurso de lord Whitfield sobre lord Whitfield. Tenía que admitir que era una mala pasada estar en casa de un hombre y quitarle la novia. Sin embargo, se consolaba pensando que un pelele como él no debería haber aspirado nunca al cariño de Bridget.

Como le remordía la conciencia, lo escuchó con más atención que nunca y, como consecuencia, su anfitrión quedó muy impresionado.

Lord Whitfield estaba de muy buen humor. La muerte del chófer parecía regocijarle más que deprimirle.

—Ya le dije que ese individuo acabaría mal —afirmó mientras contemplaba a trasluz su copa de oporto—. ¿No se lo dije ayer tarde precisamente?

—Sí, señor.

—¡Y ya ve que tenía razón! ¡Es sorprendente cómo acierto!

—Debe de ser una suerte —comentó Luke.

—Mi vida ha sido maravillosa. Sí, ¡maravillosa! El camino ha ido despejándose ante mí. Siempre he tenido fe y he confiado en la Providencia. Ese es el secreto, señor Fitzwilliam. ¡Ese es el secreto!

—¿Sí?

—Soy un hombre religioso. Creo en el bien y el mal, y en la justicia divina. No hay nada como la justicia divina, no lo dude, Fitzwilliam.

—También yo creo en la justicia.

Como de costumbre, lord Whitfield no mostró interés por las creencias de los demás.

—Al que se porta bien con nuestro Creador, este no lo abandona. Soy un hombre honesto. Estoy suscrito a varios centros caritativos y he ganado mi dinero de manera honrada. ¡No tengo ninguna obligación con nadie! Recuerde el pasaje de la Biblia que nos habla de los patriarcas, que prosperaban aumentando sus rebaños, mientras sus enemigos eran aplastados.

—Cierto, cierto —respondió Luke, ocultando un bostezo.

—Es sorprendente —indicó lord Whitfield— la forma en que desaparecen los enemigos de los hombres honrados. Fíjese en lo de ayer. Ese individuo me insultó hasta el extremo de llegar a levantarme la mano. ¿Y qué ha sucedido? ¿Dónde está ahora? —Hizo una pausa efectista y luego se contestó a sí mismo con voz altisonante—: ¡Muerto! ¡Aniquilado por la ira divina!

—Un castigo tal vez excesivo por unas palabras dichas con unas copas de más —opinó Luke, que abrió un poco los ojos.

—¡Siempre es así! El castigo llega deprisa y de una manera terrible. Recuerde a aquellos niños que se mofaron del profeta Eliseo y fueron devorados por los osos. Así ocurren las cosas, Fitzwilliam.

—Siempre lo consideré demasiado vengativo.

—No, no. Está usted equivocado. Eliseo era un gran hombre y muy santo. ¡Quien lo insultase no podía seguir viviendo! ¡Lo comprendo porque es mi propio caso!

Luke lo miró extrañado y lord Whitfield bajó la voz.

—Al principio no quería creerlo. Pero ¡así ha sucedido cada vez! Mis enemigos y detractores han sido siempre derribados y exterminados.

—¿Exterminados?

—Uno tras otro. Uno de los casos fue muy parecido al de Eliseo: era un muchachito. Lo tenía empleado en mi casa y un día me lo encontré en el jardín. ¿Sabe qué estaba haciendo? Imitándome ¡a mí! ¡Burlándose de mí! Y ante toda una concurrencia. Estaba divirtiéndose a mi costa en mi propia casa. ¿Sabe lo que ocurrió? ¡Diez días más tarde cayó desde una ventana y se mató! Luego ese rufián de Carter: un borracho de lengua endiablada. Vino aquí para insultarme: acabó ahogado en el barro. Y aquella sirvienta: me alzó la voz y me agravió. Pronto llegó su castigo. ¡Bebió veneno por error! Aún puedo contarle más. Humbleby osó oponerse a mis proyectos de abastecimiento de agua y murió por una infección de la sangre. Y así ha sucedido durante años y años. La señora Horton, por ejemplo, fue muy poco amable conmigo y no pasó mucho tiempo antes de que abandonara este mundo.

Hizo una pausa e, inclinándose hacia delante, le ofreció la botella de oporto.

—Sí —continuó—. Todos murieron. Es sorprendente, ¿verdad?

Luke se lo quedó mirando. ¡Una sospecha monstruosa estaba creciendo en su mente! Veía bajo una nueva luz al hombrecillo rechoncho sentado a la cabecera de la mesa y que sonreía con aspecto tan bonachón.

A su cerebro acudieron como un rayo recuerdos del pasado. El comandante Horton diciendo: «Lord Whitfield era muy amable, nos mandaba uvas y melocotones de su invernadero». Fue él quien insistió para que dejasen limpiar las ventanas de la biblioteca a Tommy Pierce. Y fue lord Whitfield quien visitó el Instituto Wellerman Kreitz, con sus gérmenes y sueros, poco tiempo antes de la muerte del doctor Humbleby. Todo señalaba en la misma dirección, y él... ¡Qué tonto había sido al no sospechar nada!

Y Lord Whitfield repetía, sonriente y feliz:

—Todos murieron.

Capítulo 18

Conversación en Londres

Sir William Ossington, conocido entre sus camaradas de juventud como Billy Bones, miró a su amigo con incredulidad.

—¿Es que no tuviste bastante con Mayang? ¿Has tenido que volver a casa y meterte en nuestro trabajo?

—En Mayang no se cometen crímenes en serie —respondió Luke—. Ahora persigo al autor de media docena de muertes por lo menos, ¡sin que haya levantado la menor sospecha!

—Eso suele suceder —suspiró William—. ¿Cuál es su especialidad: esposas?

—No. No se trata de eso. Todavía no se cree un dios, pero no tardará.

—¿Está loco?

—¡Oh, sin duda alguna!

—¡Ah! Pero es probable que no esté loco legalmente. Ya sabes que eso es muy distinto.

—Yo diría que conoce la naturaleza y consecuencias de sus actos —dijo Luke.

AGATHA CHRISTIE

—Exacto —convino Billy Bones.

—Bueno, no vamos a discutir por tecnicismos legales. Todavía no estamos ante el jurado y puede que no lleguemos a los tribunales. Lo que yo espero de ti son unos cuantos datos. El día del derby tuvo lugar un accidente en la calle, a eso de las cinco o seis de la tarde. Una señora de cierta edad fue arrollada en Whitehall por un automóvil que se dio a la fuga. Su nombre era Lavinia Pinkerton, y quiero que me cuentes todo lo que se sepa sobre ese atropello.

Sir William suspiró.

—Enseguida podré complacerte. Dame unos veinte minutos.

Fue fiel a su palabra. En menos tiempo del anunciado, Luke hablaba con el oficial de policía encargado del caso.

—Sí, señor, recuerdo todos los detalles. La mayoría los tengo anotados aquí. —Señaló la hoja que Luke tenía en sus manos—. Se hicieron pesquisas judiciales dirigidas por el señor Satcherverell. La culpa fue del conductor del automóvil.

—¿Consiguieron detenerlo?

—No, señor.

—¿Cuál era la marca del coche?

—Pues parece que era un Rolls... Un coche grande conducido por un chófer. Todos los testigos coincidieron. La mayoría de la gente sabe distinguir un Rolls a simple vista.

—¿Tiene el número de la matrícula?

—Desgraciadamente, no. A nadie se le ocurrió mirarlo. Anotamos el número FZX 4498, pero estaba equivocado. Una mujer se lo dijo a otra, que a su vez me lo dio a mí. No sé de dónde lo habría sacado, pero de todas formas no sirvió de nada.

—¿Cómo sabe que no era este? —preguntó enseguida Luke.

El oficial se sonrió.

—FZX 4498 es la matrícula del automóvil de lord Whitfield. Ese coche estaba parado ante la Boomington House en el momento del accidente y el chófer estaba tomando el té. Una coartada perfecta, y el coche no abandonó aquel lugar hasta las seis y media, en que salió su señor.

—Ya —respondió Luke.

—Siempre pasa lo mismo —se lamentó el oficial—. Cuando llega el agente, han desaparecido la mitad de los testigos. Supusimos que sería un número parecido al FZX 4498 que probablemente comenzaría con dos cuatros. Hicimos lo que pudimos, pero ni rastro del automóvil. Investigamos las matrículas similares, pero todos los conductores pudieron dar explicaciones satisfactorias.

Sir William miró a Luke para ver si quería hacer más preguntas. Este negó con la cabeza y sir William dijo:

—Gracias, Bonner, es suficiente.

Una vez que se hubo marchado, Billy Bones preguntó a su amigo:

—¿Qué piensas de todo esto, Fitz?

—Todo cuadra. —Luke suspiró—. Lavinia Pinkerton venía a destapar la verdad, a contar al inteligente personal de Scotland Yard lo que sabía sobre el malvado asesino. No sé si la habríais escuchado. Probablemente, no...

—Sí —respondió William—. Muchas veces las noticias nos llegan por esa vía. Muchas son solo habladurías. Pero no dejamos de investigar, te lo aseguro.

—Eso es lo que pensó el asesino. Y no quiso arriesgarse. Se deshizo de Lavinia Pinkerton y, aunque una mujer fue lo bastante lista como para ver su matrícula, nadie quiso creerla.

—No querrás decir... —dijo Billy Bones irguiéndose en su sillón.

—Sí. Me apuesto lo que quieras a que lord Whitfield la atropelló. No sé cómo se las arreglaría. El chófer estaba merendando. Supongo que, de un modo u otro, subió al coche, se puso la chaqueta y la gorra del uniforme, y se largó. ¡Pero lo hizo, Billy!

—¡Imposible!

—No tanto. Lord Whitfield ha cometido siete asesinatos, por lo menos que yo sepa, y probablemente haya perpetrado muchos más.

—¡Imposible! —volvió a decir William.

—Mi querido amigo, ¡si casi se vanaglorió de ello la otra noche!

—Entonces ¿está loco?

—Desde luego, pero es un diablo astuto. Tendrás que ir con cuidado. No le descubras que sospechamos de él.

—Increíble —murmuró Billy Bones.

—¡Pero verdad! —insistió Luke, posando una mano sobre el hombro de su amigo—. Mira, Billy, tenemos que resolver esto. Aquí están los hechos.

Los dos hombres conversaron largo y tendido.

Luke regresó a Wychwood a la mañana siguiente, a primera hora. Podría haber llegado el día anterior por la noche, pero sentía una profunda repugnancia ante la idea de dormir bajo el techo de lord Whitfield y aceptar su hospitalidad en aquellas circunstancias.

Al entrar en Wychwood, su primera visita fue a la señorita Waynflete. La doncella lo miró con asombro. Aun así, lo condujo al reducido comedor, donde la dueña de la casa estaba desayunando.

Ella se levantó para saludarlo, un tanto sorprendida.

—Debo pedirle perdón por molestarla a estas horas —dijo Luke sin perder tiempo.

Miró a su alrededor. La muchacha había salido y cerrado la puerta.

—Voy a hacerle una pregunta, señorita Waynflete. Es bastante personal, pero espero que me perdone.

—Pregúnteme lo que desee. Estoy segura de que sus motivos son bien intencionados.

—Gracias. —Hizo una pausa—. Quisiera saber, exactamente, por qué rompió su compromiso con lord Whitfield.

Ella no esperaba esa pregunta. El color acudió a sus mejillas mientras se llevaba una mano al pecho.

—¿Le ha dicho algo él?

—Me habló de un pájaro, un canario estrangulado —respondió Luke.

—¿Eso le dijo? —Estaba sorprendida—. ¿Lo ha confesado? ¡Es extraordinario!

—¿Quiere hacer el favor de explicarse?

—Sí, pero le suplico que nunca hable de esto con Gordon. Pertenece al pasado y no quiero removerlo.

—Es solo para mi satisfacción personal —contestó Luke—. No le contaré a nadie lo que me diga.

—Gracias. —La mujer había recobrado su compostura y su voz fue firme al proseguir—: Fue así. Yo tenía un canario. Lo quería mucho y, como a todas las niñas de entonces, me volvían loca los animalitos. Comprendo que eso debía de ser muy desagradable para un hombre.

—Sí —dijo Luke.

—Gordon estaba celoso del pájaro. Un día me dijo muy enfadado: «Parece que lo quieres más que a mí». Y yo, con la tontería propia de las muchachas de entonces, me eché a reír y, poniéndolo sobre mi dedo, le solté algo así: «¡Claro que sí!». Entonces, ¡oh, fue horrible! Gordon me quitó el canario y le retorció el pescuezo. Fue espantoso. ¡No lo olvidaré nunca!

Su rostro se había puesto muy pálido.

—¿Y por eso rompió su compromiso? —quiso saber Luke.

—Sí. Ya no sentía lo mismo que antes, ¿sabe, señor Fitzwilliam? —Vaciló—. No fue solo por esa acción, pudo haberlo hecho en un arrebato de celos y rabia, sino porque además tuve la terrible sensación de que había disfrutado haciéndolo, eso fue lo que me atemorizó.

—Incluso ahora que ha pasado tanto tiempo —murmuró Luke.

Ella puso la mano en su brazo.

—Señor Fitzwilliam...

Luke respondió a los ojos atemorizados de la señorita Waynflete con la mirada fija y cargada de gravedad.

—¡Es lord Whitfield el autor de todos esos crímenes! —exclamó—. Usted lo ha sabido siempre, ¿verdad?

Ella negó con la cabeza enérgicamente.

—¡No lo sabía! De haberlo sabido lo hubiese dicho. No, solo tenía ese temor.

—Y, sin embargo, no me hizo la menor insinuación.

—¿Cómo habría podido hacerla? —replicó retorciéndose las manos con desesperación—. Una vez lo quise...

—Sí —dijo Luke—. Comprendo.

Ella le volvió la espalda, buscó en su bolso, sacó un pañuelito de encaje y se secó las lágrimas. Entonces se volvió de nuevo, con los ojos secos, muy digna y compuesta.

—Me alegro tanto de que Bridget haya roto su compromiso —dijo—. Va a casarse con usted, ¿verdad?

—Sí.

—Será mucho mejor —opinó la señorita Waynflete con cierto remilgo.

Luke no pudo reprimir una sonrisa. Pero el rostro

de la señorita Waynflete permanecía serio y preocupado. Volvió a inclinarse hacia delante y a apoyar una mano en el brazo de Luke.

—Ándese con cuidado —dijo—. Los dos deben tener mucho cuidado.

—¿Quiere decir con lord Whitfield?

—Sí. Será mejor que no le digan nada.

Luke frunció el ceño.

—No creo que pensemos igual que usted.

—¡Oh! ¿Y eso qué importa? Parece como si no se diese cuenta de que está loco..., ¡loco! No lo soportará ni por un momento. ¿Y si le sucediera algo a Bridget?

—¡No va a pasarle nada!

—Sí, lo sé. Pero piense que usted no es rival para él. ¡Es tan terriblemente astuto! Llévesela enseguida, es la única esperanza. ¡Mándela al extranjero! ¡O mejor aún, váyanse los dos!

—Quizá sea mejor que ella se marche —respondió Luke pensativo—. Yo me quedaré.

—Me temía que iba a decir eso. Pero, de todos modos, que se marche ella. ¡De inmediato!

—Creo —le dijo Luke— que tiene usted razón.

—¡Ya lo sé! Márchense antes de que sea demasiado tarde.

Capítulo 19

Se rompe un compromiso

Al oír aproximarse el coche de Luke, Bridget salió a recibirlo.

—Se lo he dicho —anunció sin más preámbulos.

—¿Qué? —Luke estaba tan desconcertado que ella lo notó.

—Luke, ¿qué te pasa? Pareces muy afectado.

—Creí que habíamos quedado en esperar a mi regreso.

—Lo sé, pero me pareció que era mejor acabar cuanto antes. ¡No hacía más que planes para nuestra boda, nuestra luna de miel! ¡No tuve más remedio que decírselo! —Y añadió en tono de reproche—: Era lo más decente.

—Sí, desde tu punto de vista.

—¡Me parece que desde cualquier punto de vista!

—Algunas veces uno no puede permitirse ser decente.

—Luke, ¿qué quieres decir?

—No puedo explicártelo ahora y en este sitio —respondió e hizo un gesto de impaciencia—. ¿Cómo se lo ha tomado Whitfield?

—Extraordinariamente bien —contestó Bridget muy despacio—. Me sentí avergonzada. Me parece que lo juzgué mal solo porque es un pretencioso y, en ocasiones, pueril. Ahora creo que es... Bueno... Sí, un pequeño gran hombre.

—Sí, es posible que lo sea en algunos aspectos —concedió Luke—. Escúchame, Bridget, debes marcharte de aquí lo antes posible.

—Está claro. Recogeré mis cosas y me iré hoy mismo. Tal vez puedas llevarme al pueblo. Supongo que no podemos hospedarnos los dos en Bells & Motley, aunque se hayan marchado los amigos de Ellsworthy.

—No, es mejor que te vayas a Londres. Ya te lo explicaré. Entretanto, yo veré a Whitfield.

—Supongo que es lo que debe hacerse. ¿No te parece una canallada? Me siento como una vulgar cazafortunas.

Luke le sonrió.

—Era un trato justo. Has obrado con rectitud. De todas formas, no sirve de nada lamentarse de lo que ya no tiene remedio. Voy a verlo ahora mismo.

Encontró a lord Whitfield en el salón, paseando de un lado a otro. En apariencia no estaba nervioso, e incluso Luke le vio una sonrisa en sus labios, aunque notó que la vena de la sien le palpitaba con furia.

Se volvió cuando entró Luke.

—¡Oh! Es usted, Fitzwilliam.

—No voy a decir que siento lo que ha ocurrido, ¡sería un hipócrita! Admito que desde su punto de vista no me he portado bien y tengo poco que alegar en mi defensa. Son cosas que suceden —dijo Luke.

—¡Claro, claro!

Lord Whitfield reanudó su paseo.

—Nuestro comportamiento ha sido vergonzoso. Pero ¡ya está hecho! Nos queremos y no podemos hacer otra cosa que decírselo y marcharnos.

Lord Whitfield se detuvo, mirándolo con sus ojos saltones.

—No —le dijo—. ¡No hay nada que pueda hacer al respecto!

Su voz tenía un matiz muy extraño. Lord Whitfield se quedó mirando a Luke al tiempo que negaba despacio con la cabeza como si le diera pena.

—¿Qué quiere usted decir? —inquirió el joven.

—Que usted no puede hacer nada —respondió lord Whitfield—. ¡Es demasiado tarde!

—¿Qué insinúa? —quiso saber Luke mientras se acercaba.

Lord Whitfield le dio una respuesta inesperada.

—Pregúntele a Honoria Waynflete. Ella lo pondrá al corriente. Sabe lo que pasa y me habló de ello en una ocasión.

—¿Qué es lo que he de comprender?

—El mal nunca queda sin castigo. ¡Hay que hacer justicia! Lo siento porque aprecio a Bridget y, en cierto modo, ¡lo siento por los dos!

—¿Nos está amenazando?

—No, no, querido amigo. —Lord Whitfield parecía

ingenuamente sorprendido—. ¡Yo no tengo nada que ver! Cuando le hice a Bridget el honor de escogerla por esposa, ella aceptó ciertas responsabilidades. Ahora las rechaza, pero no hay marcha atrás en esta vida. Quien quebranta la ley es castigado.

—¿Insinúa que puede pasarle algo? —dijo Luke con los puños apretados—. Ahora escúcheme bien, Whitfield: no va a sucederle nada a Bridget ni tampoco a mí. Si intenta algo, será su final. ¡Será mejor que se ande con cuidado! ¡Sé muchas cosas sobre usted!

—Yo no tengo nada que ver —respondió lord Whitfield—. Solo soy un mero instrumento de un poder superior. Y lo que ese poder decreta, ¡sucede!

—Veo que es eso lo que cree —repuso Luke.

—¡Porque es la verdad! Todo el que va contra mí sufre las consecuencias. Y usted y Bridget no van a ser una excepción.

—Ahí es donde se equivoca. Por larga que sea una racha de suerte, al final termina. Y la suya se acaba ahora.

—Mi querido amigo, no sabe de lo que habla. ¡Nadie puede tocarme!

—¿No? Veremos. Será mejor que vigile lo que hace, Whitfield.

Un estremecimiento alteró la voz del lord:

—He tenido mucha paciencia, pero no abuse de ella. Salga de aquí.

—Ya me voy. Lo más deprisa que pueda. Recuerde que le he advertido.

Dio media vuelta y salió muy rápido de la estancia.

Subió la escalera y encontró a Bridget en su habitación, que se apresuraba a hacer la maleta con la ayuda de la doncella.

—¿Te falta mucho?

—Diez minutos.

Con la mirada le hizo una pregunta que la presencia de la criada le impedía formular con palabras.

Luke asintió. Se marchó a su habitación y metió a toda prisa sus cosas en la maleta.

Volvió al cabo de unos diez minutos y encontró a Bridget ya preparada.

—¿Nos vamos?

—Estoy lista.

Al bajar la escalera, se cruzaron con el mayordomo, que subía.

—La señorita Waynflete desea verla, señorita Bridget.

—¿La señorita Waynflete? ¿Dónde está?

—En la sala, con el señor.

Bridget se encaminó hacia allí y Luke la siguió.

Lord Whitfield se hallaba de pie, junto a la ventana, hablando con la señorita Waynflete. En su mano tenía un cuchillo de hoja larga y afilada.

—Es un trabajo de artesanía perfecto —decía—. Uno de mis periodistas lo trajo de Marruecos cuando estaba allí de corresponsal. Es morisco, naturalmente, un cuchillo del Rif. —Pasó su dedo por la hoja, complacido—. ¡Qué filo!

—¡Guárdalo, Gordon, por el amor de Dios! —le pidió la señorita Waynflete con voz incisiva.

Él sonrió antes de depositarlo sobre la mesa, entre otras piezas de su colección.

—Me gusta el tacto que tiene —comentó.

La señorita Waynflete había perdido parte de su aplomo acostumbrado. Estaba pálida y nerviosa.

—¡Ah, estás aquí, querida Bridget! —exclamó.

—Sí, aquí está Bridget —dijo lord Whitfield echándose a reír—. Mírala bien, Honoria, porque no estará con nosotros mucho tiempo.

—¿Qué quieres decir?

—¿Qué? Quiero decir que se marcha a Londres. ¿No es cierto?

Los miró a todos.

—Tengo unas cuantas noticias que darte, Honoria —prosiguió—. Bridget no va a casarse conmigo. ¡Prefiere al señor Fitzwilliam, aquí presente! La vida tiene cosas muy extrañas. Bueno, os dejo para que charléis.

Salió de la habitación con las manos en los bolsillos y haciendo sonar las monedas que contenían.

—¡Dios mío! —dijo la señorita Waynflete—. ¡Dios mío!

La contrariedad que denotaba su voz era tan ostensible que Bridget la miró sorprendida y le dijo incómoda:

—Lo siento. La verdad es que lo siento muchísimo.

—Está furioso, terriblemente furioso. Dios mío, es espantoso. ¿Qué vamos a hacer? —profirió la señorita Waynflete.

—¿Hacer? ¿Qué quiere decir? —preguntó la muchacha.

—¡No deberían habérselo dicho! —contestó, y los incluyó a ambos en su mirada de reproche.

—¡Qué tontería! ¿Y qué otra cosa podíamos hacer? —quiso saber Bridget.

—No deberían habérselo dicho ahora, sino haber esperado a estar lejos.

—Esa es su opinión —dijo Bridget—. Yo creo que las cosas desagradables, cuanto antes se hagan, muchísimo mejor.

—¡Oh, querida, si solo se tratase de eso!

Se detuvo y sus ojos interrogaron a Luke con ansiedad.

Luke negó con la cabeza y sus labios formaron las palabras: «Todavía no».

—Ya —murmuró la señorita Waynflete.

—¿Quería usted verme para algo en particular, señorita Waynflete? —preguntó Bridget impaciente.

—Pues sí. A decir verdad, vine para decirte que podías pasar unos días en mi casa. Pensé que no te resultaría agradable permanecer aquí y que podrías necesitar un tiempo para... Bueno, para madurar tus planes.

—Gracias, señorita Waynflete, es usted muy amable.

—Así estarás completamente segura y...

Bridget la interrumpió:

—¿Segura?

La señorita Waynflete, un poco sonrojada, se apresuró a añadir:

—Cómoda, eso es lo que quise decir, que a mi lado te encontrarás a gusto. No tanto como aquí, claro. Pero el agua caliente está caliente y mi doncella, Emily, guisa muy bien.

—Oh, estoy convencida de que todo será perfecto, señorita Waynflete —respondió Bridget mecánicamente.

—Claro que, si quieres marcharte a la ciudad, será mucho mejor.

—Es un poco precipitado —afirmó Bridget despacio—. Mi tía salió muy temprano para asistir a una exposición de flores y todavía no he tenido oportunidad de decirle lo que ocurre. Le dejaré una nota explicándole que me he marchado al piso.

—¿Vas a ir a Londres, al piso de tu tía?

—Sí. No hay nadie allí, pero puedo ir a comer fuera.

—¿Y estarás sola? Oh, querida, yo no lo haría. No te quedes allí sola.

—Nadie va a comerme —replicó la muchacha con impaciencia—. Además, mi tía irá mañana.

Angustiada, la señorita Waynflete negó con la cabeza.

—Es mejor que vayas a un hotel —le dijo Luke.

—¿Por qué? —Bridget se volvió en redondo—. ¿Qué pasa? ¿Por qué me tratáis como si fuera una chiquilla?

—No, no, querida —protestó la señorita Waynflete—. Solo queremos tomar precauciones, eso es todo.

—Pero ¿por qué? ¿Qué es lo que pasa?

—Escúchame, Bridget —dijo Luke—. Quiero hablar contigo, pero aquí no puedo hacerlo. Acompáñame e iremos a algún lugar tranquilo en mi coche.

Se dirigió a la señorita Waynflete:

—¿Podemos ir a su casa dentro de una hora? Quiero hablarle de varias cosas.

—Sí, desde luego. Los esperaré allí.

Luke tomó del brazo a su novia y dio las gracias a la señorita Waynflete con un ademán.

—Volveremos más tarde a por el equipaje. Vámonos.

La condujo por el vestíbulo hasta la puerta principal. Abrió la portezuela del coche. Bridget subió. Luke puso el motor en marcha y dio un suspiro de alivio al cruzar la verja de hierro.

—¡Gracias a Dios que te he sacado de allí a salvo! —le dijo.

—¿Te has vuelto loco, Luke? ¿A qué viene todo ese secreto y eso de «no puedo explicártelo ahora»?

—¿Sabes?, es difícil decir que un hombre es un asesino cuando estás bajo su techo.

Capítulo 20

Estamos juntos en esto

Bridget permaneció inmóvil a su lado durante unos instantes.

—¿Gordon?

Luke asintió.

—¿Gordon? ¿Gordon un asesino? ¿Gordon el asesino? ¡En mi vida oí una cosa más absurda!

—¿Tanto te sorprende?

—Sí, desde luego. Vaya, Gordon es incapaz de matar una mosca.

—Puede ser. Yo no lo sé. Pero lo cierto es que mató un canario, y estoy casi seguro también de que ha asesinado a varios seres humanos.

—Mi querido Luke. ¡No puedo creerlo!

—Ya sé que parece increíble —replicó Luke—. No lo había valorado como posible sospechoso hasta anteayer por la noche.

—Pero ¡yo lo conozco bien! —protestó la muchacha—. Sé cómo es. Es un hombre encantador. Un pretencioso, pero en realidad un tanto patético.

—Tendrás que cambiar tu opinión con respecto a él, Bridget.

—¿Por qué, Luke, si no puedo creerlo? ¿Cómo ha acabado esa idea tan absurda en tu cabeza, y por qué hace solo un par de días estabas segurísimo de que era Ellsworthy?

—Lo sé, lo sé. Probablemente pensarás que mañana sospecharé de Thomas y pasado mañana de Horton. No estoy tan loco. Admito que la idea sorprende al principio. Pero, si lo miras bien, te darás cuenta de que todo encaja a la perfección. No es extraño que la señorita Pinkerton no quisiera hablar con las autoridades locales. ¡Comprendió que se reirían de ella! Scotland Yard fue su única esperanza.

—Pero ¿qué motivos puede tener Gordon para cometer tantos asesinatos? ¡Qué tontería!

—Lo sé, pero ¿no comprendes que Gordon tiene una elevada opinión de sí mismo?

—Pretende ser extraordinario y muy importante, pero es solo un complejo de inferioridad —dijo Bridget—. ¡Pobrecillo!

—Quizá ahí está la raíz de la cuestión. No lo sé. Pero piensa, Bridget, piensa solo un minuto. Recuerda todas las frases que has empleado al referirte a él: *lèse-majesté* y cosas así. ¿No te das cuenta de que su egoísmo es desproporcionado? Y lo vincula con la religión. Querida, ¡ese hombre está como un cencerro!

Bridget meditó unos instantes.

—Sigo sin creerlo. ¿Qué pruebas tienes, Luke?

—Pues sus propias palabras. La otra noche me dijo,

sencilla y llanamente, que todo el que iba contra él moría.

—Continúa.

—No sé explicarme, pero fue su modo de decirlo. Tranquilo y complacido... ¿Cómo te diría yo...? ¡Como acostumbrado a la idea! Sonreía de un modo extraño y horrible, Bridget.

—Sigue.

—Luego, me hizo una lista de la gente fallecida por incurrir en su real desagrado. Y, escucha esto, Bridget, las personas mencionadas fueron: la señora Horton, Amy Gibbs, Tommy Pierce, Harry Carter, Humbleby y el chófer Rivers.

Por fin, Bridget parecía impresionada y se puso pálida.

—¿Te nombró a esas personas?

—¡Justo a estas! ¿Lo crees ahora?

—Oh, Dios mío, ¡qué remedio! ¿Cuáles fueron sus razones?

—Trivialidades, eso es lo más impresionante. La señora Horton lo había desairado; Tommy Pierce lo había imitado ante el regocijo de los jardineros; Harry Carter lo había insultado; Amy Gibbs había sido impertinente; Humbleby había osado oponerse a su opinión públicamente, y Rivers lo amenazó en mi presencia y ante la señorita Waynflete.

Bridget se tapó los ojos con las manos.

—Es horrible..., es horrible... —murmuró.

—Lo sé. Y luego hay otras pruebas. El coche que arrolló a la señorita Pinkerton, en Londres, era un

Rolls y la matrícula era la del automóvil de lord Whit-field.

—Eso no deja lugar a dudas —repuso Bridget muy despacio.

—Sí. La policía pensó que la mujer que les dio el número se había equivocado. ¡Menudo error!

—Ya entiendo —dijo ella—. Cuando un hombre es rico y poderoso como lord Whitfield, es natural que nadie crea una historia así.

—Sí. Uno se da cuenta de las dificultades a las que se enfrentó la señorita Pinkerton.

—En un par de ocasiones me dijo cosas bastante raras. Como si quisiera prevenirme contra algo. No entendí a qué se refería. Ahora comprendo lo que quería decirme.

—Todo encaja —afirmó Luke—. Al principio uno se dice, como tú, «imposible», y una vez que acepta la idea, todo se comprende con claridad. Las uvas que envió a la señora Horton y que ella pensara que las enfermeras querían envenenarla. Y su visita al Instituto Wellerman Kreitz. De una u otra forma se apoderaría de algunos gérmenes con los que infectar a Humbleby.

—No veo cómo pudo hacerlo.

—Ni yo tampoco, pero la conexión está ahí. Es innegable.

—Sí, como tú dices, encaja. Y claro, él podía hacer muchas cosas que, para otras personas, son imposibles. Quiero decir que él quedaba siempre libre de sospechas.

—Creo que la señorita Waynflete sospechaba de él. Mencionó esa visita al Instituto como de paso, pero me parece que esperaba que yo la tomase en consideración.

—Entonces ¿lo sabía?

—Tenía sus sospechas, pero creo que le impedía hablar el hecho de haber estado enamorada de él.

—Sí, eso explica muchas cosas. Gordon me contó que habían sido novios.

—Ella no quería creer que fuese él. Pero cada vez estaba más segura de que sí lo era. Trató de darme algunas pistas, pero no se atrevió a ir directamente contra él. ¡Las mujeres sois muy extrañas! En cierto modo, creo que aún lo quiere.

—¿Después de que fuera él quien la dejó?

—Ella lo dejó a él. Fue una historia desagradable. Te la contaré.

Y le narró el episodio. Bridget miró a Luke sorprendida.

—¿Gordon hizo eso?

—Sí. Ya ves, incluso en aquellos tiempos no era normal.

Bridget se estremeció y murmuró:

—Y todos estos años... Estos años...

—¡Puede que haya hecho desaparecer a mucha más gente de la que suponemos! ¡Ha sido esta rápida sucesión de muertes lo que ha llamado la atención! ¡Como si el éxito lo hubiera vuelto descuidado!

Bridget asintió silenciosa y luego preguntó:

—¿Qué es lo que te dijo exactamente la señorita Pinkerton aquel día en el tren? ¿Cómo comenzó?

Luke trató de recordar.

—Me dijo que se dirigía a Scotland Yard. Nombró al agente del pueblo. Dijo que era una persona muy agradable, pero que no estaba capacitado para ocuparse de un asesinato.

—¿Fue esa la primera vez que pronunció la palabra?

—Sí.

—Continúa.

—Luego añadió: «Veo que está sorprendido. Yo también lo estaba al principio. No podía creerlo. Pensé que eran imaginaciones mías».

—¿Y después?

—Le pregunté si estaba segura de que no eran imaginaciones y respondió tranquilamente: «¡Sí! Podrían haberlo sido la primera vez, pero no la segunda ni la tercera ni la cuarta. Después de tantos asesinatos, una se convence».

—Vaya —comentó Bridget—. Sigue.

—Así que, claro, yo le seguí la corriente y le dije que hacía muy bien. ¡Fui más incrédulo que santo Tomás!

—Sí. ¡Es muy fácil verlo pasado un tiempo! Yo hice lo mismo con la pobre señora. ¿Cómo siguió la conversación?

—Déjame que recuerde. ¡Oh! Me habló del caso Abercrombie, ¿sabes?, el envenenador de Gales. Dijo que ella no había creído en su día que dirigiera una mirada especial a sus víctimas, pero que ahora sí que lo creía, porque la había visto con sus propios ojos.

—¿Qué palabras utilizó exactamente?

—Dijo con su agradable y femenina voz: «La verdad es que entonces no lo creí, pero ¡es cierto!». Y yo le pregunté: «¿Qué es cierto?». Y respondió: «La mirada de ciertas personas». ¡Y la verdad es que su tono me convenció! Era tan sosegado, y la expresión de su cara era la de quien ha visto algo demasiado horrible como para explicarlo.

—Sigue, Luke. Cuéntamelo todo.

—Y luego nombró a las víctimas: Amy Gibbs, Carter, Tommy Pierce, y dijo que Tommy era un niño terrible y Carter un borracho. Entonces agregó: «Pero ayer le tocó al doctor Humbleby, y es una persona tan agradable y tan buena». Y sostuvo que, si se lo hubiera dicho, él no la habría creído, que se habría reído.

—Ya —dijo Bridget con un suspiro—. Ya.

—¿Qué te pasa, Bridget? ¿En qué piensas?

—En algo que dijo una vez la señora Humbleby. Y me pregunto... No, no importa, continúa. ¿Qué es lo que te dijo al final?

Luke le repitió las palabras con sobriedad porque le habían causado una gran impresión y le era imposible olvidarlas.

—Le dije que era muy difícil cometer tantos crímenes sin levantar sospechas y me contestó: «No, no, muchacho. Se equivoca. Matar es fácil, mientras nadie sospeche de uno. Y, además, el culpable es la última persona de quien se sospecharía».

Se hizo un silencio y Bridget exclamó estremecida:

—¡Matar es fácil! Terriblemente fácil. Eso es muy cierto. No me extraña que estas palabras se grabaran en tu mente, Luke. ¡No las olvidaré en toda mi vida!

¡Para un hombre como lord Whitfield! ¡Claro que es fácil!

—Pero no es tan fácil detenerlo —afirmó Luke.

—¿Lo crees así? Tengo una idea.

—Bridget, te prohíbo...

—No puedes. No voy a quedarme de brazos cruzados. Yo estoy metida en esto, Luke. Puede que sea peligroso, sí, lo admito, pero tengo que interpretar mi papel.

—Bridget...

—¡Estoy metida en esto, Luke! Aceptaré la invitación de la señorita Waynflete y me quedaré aquí.

—Querida, te lo suplico...

—Es peligroso para los dos, lo sé, pero estamos metidos en esto, Luke. Estamos juntos en esto.

Capítulo 21

¿Por qué paseas por el campo con guantes?

La tranquilidad que se respiraba en el interior de la casa de la señorita Waynflete alivió la tensión de los momentos pasados en el coche.

La señorita Waynflete recibió a Bridget con cierta vacilación, aunque se apresuró a reiterarle su hospitalidad para demostrar que sus dudas eran debido a otras causas y no a que no quisiera tenerla en su casa.

—Puesto que es usted tan amable, creo que será mejor así, señorita Waynflete —dijo Luke—. Me hospedo en la posada, y prefiero tener a Bridget cerca y no en la ciudad. Después de todo, recuerde lo que pasó allí.

—¿Se refiere a Lavinia Pinkerton? —preguntó la señorita Waynflete.

—Sí. Cualquiera pensaría que no se corre ningún riesgo en el centro de una gran ciudad, atestada de gente.

—Quiere decir que la seguridad de cada uno depende principalmente de que nadie desee su muerte.

—Exacto. Dependemos de lo que se ha dado en llamar la buena voluntad de la civilización.

La señorita Waynflete asintió pensativa.

—¿Cuánto tiempo hace que sabe que Gordon es el asesino, señorita Waynflete? —preguntó Bridget.

—Esa es una pregunta difícil de contestar, querida —respondió tras un suspiro—. Creo que interiormente estaba segura desde hace bastante tiempo, pero ¡he hecho todo lo posible por no admitirlo! No quise creerlo, me decía que era una idea mía perversa y malvada.

—¿Y no ha temido nunca por usted? —preguntó de pronto Luke.

—¿Insinúa que si Gordon hubiese sospechado que lo sabía habría encontrado el medio de librarse de mí?

—Sí.

—Claro que he considerado esa posibilidad, y he procurado tener cuidado, pero no creo que Gordon me vea como una verdadera amenaza.

—¿Por qué?

—Gordon no me cree capaz de hacer nada que pueda perjudicarlo —respondió ella ruborizándose.

—¿Llegó usted a advertirle?

—Sí. Es decir, le dije que era muy extraño que todo el que se disgustara con él muriese al poco tiempo de manera accidental.

—¿Y qué dijo él? —quiso saber Bridget.

—No reaccionó como yo esperaba —respondió la señorita Waynflete con expresión preocupada—. Parecía... ¡Eso es lo más extraordinario! Parecía complacido, y me contestó, válgame la expresión, como pavoneándose: «¿Así que lo has observado?».

—Está loco, desde luego —concluyó Luke.

—Sí, no cabe otra explicación —convino la señorita Waynflete, ansiosa—. No es responsable de sus actos. —Puso una mano sobre el brazo de Luke—. ¿No lo colgarán, verdad, señor Fitzwilliam?

—No, no. Supongo que lo enviarán a un sanatorio.

La señorita Waynflete suspiró y se apoyó en el respaldo de su butaca.

—Cuánto me alegro.

—Pero aún falta mucho para llegar a eso —dijo Luke—. He informado a la policía y están dispuestos a tomar en serio el asunto. Pero hemos de reconocer que tenemos poquísimas pruebas en que basarnos.

—Pues las conseguiremos —afirmó Bridget.

La señorita Waynflete la miró con una expresión que Luke recordó haber visto no hacía mucho en alguna parte. Trató de recordar, pero fue en vano.

—Eres muy optimista, querida —repuso la señorita Waynflete con un tono de duda—. Bueno, puede ser que tengas razón.

—Volveré a Ashe Manor en el coche para recoger tus cosas —anunció Luke a su novia.

—Iré contigo.

—Será mejor que no vuelvas.

—Prefiero ir.

—¡No me trates como si fuera un niño, Bridget! —protestó Luke, irritado—. No quiero que me protejas.

—Creo, Bridget, que no le pasará nada por ir en coche y en pleno día —murmuró la señorita Waynflete.

—Soy una tonta. Este asunto me saca de quicio.

—La otra noche, la señorita Waynflete me acompañó hasta la casa para protegerme —apuntó Luke—. ¡Vamos, confiéselo! ¿No es cierto?

Ella asintió con una sonrisa.

—¡Es que estaba tan ajeno a cualquier sospecha, señor Fitzwilliam! Y si Gordon Whitfield había caído en la cuenta de que estaba aquí para investigar las últimas muertes y no por otros motivos, digamos que su posición no sería muy segura. Y aquel era un camino muy solitario, donde podía pasar cualquier cosa.

—Bueno, ahora ya estoy alerta —replicó Luke muy serio—. No me cogerán desprevenido, se lo aseguro.

—Recuerde que es muy astuto, y mucho más listo de lo que uno podría imaginar —respondió la señorita Waynflete con voz angustiada—. Tiene una inteligencia privilegiada.

—Estoy sobre aviso.

—Los hombres tienen más valor —dijo la solterona—, pero se dejan engañar con mayor facilidad que las mujeres.

—Es verdad —afirmó Bridget.

—En serio, señorita Waynflete, ¿cree usted realmente que corro peligro? Hablando como en las películas, ¿cree que lord Whitfield está decidido a quitarme de en medio?

—Me parece —contestó ella con cierta vacilación— que quien corre más peligro es Bridget. ¡Es su desprecio lo que lo ha herido! Y creo que una vez que se haya librado de Bridget, centrará su atención hacia usted. Pero, sin lugar a dudas, antes probará con ella.

—No sé por qué no te has marchado al extranjero sin demora, Bridget —gruñó Luke.

—No me iré —respondió la muchacha, que apretó los labios con decisión.

—Eres muy valiente, Bridget. Te admiro —dijo la señorita Waynflete.

—Usted haría lo mismo en mi lugar.

—Es posible.

—Luke y yo estamos juntos en esto —añadió Bridget en otro tono, mucho más cálido.

Luego lo acompañó hasta la puerta, donde él le dijo:

—Te telefonearé desde la posada cuando salga de la guarida del león.

—Sí, hazlo.

—Querida, no te preocupes. Hasta los asesinos más sagaces necesitan tiempo para madurar sus planes. Creo que estamos a salvo, por lo menos durante un par de días. Hoy llegará de Londres el inspector jefe Battle y, desde ese momento, Whitfield estará constantemente vigilado.

—En resumen, todo va bien, y podemos olvidarnos del melodrama.

—Bridget, cariño, prométeme que no cometerás ninguna imprudencia.

—Lo mismo te digo, querido Luke.

Él la tocó en el hombro, subió al automóvil y se marchó.

Bridget regresó a la sala, donde la señorita Waynflete rezongaba de un modo un tanto cómico.

—Querida, tu habitación todavía no está del todo arreglada. Emily ha ido a prepararla. ¿Sabes lo que voy a hacer ahora? ¡Te prepararé una buena taza de té! Es lo que necesitas después de todos estos sucesos terribles.

—Es usted muy amable, señorita Waynflete, pero no quiero nada.

Lo que Bridget necesitaba era un cóctel bien fuerte, con mucha ginebra, pero juzgó con acierto que allí no se lo servirían. No le gustaba el té en absoluto, generalmente le resultaba indigesto. Sin embargo, la señorita Waynflete había decidido que el té era lo mejor para su invitada. Salió de la habitación y regresó unos cinco minutos más tarde con una bandeja y dos tazas humeantes.

—Auténtico Lapsang Souchong —anunció la señorita Waynflete con orgullo.

Bridget, que aborrecía aún más si cabe el té chino que el indio, sonrió lánguidamente.

En aquel momento, Emily, una muchacha torpe y de voz gangosa, apareció en el umbral.

—Si me hace el favor de darme las fundas para las almohadas, señora.

La señorita Waynflete se apresuró a abandonar la habitación y Bridget aprovechó este respiro para arrojar el té por la ventana.

Y por poco escalda a *Wonky Pooh*, que descansaba abajo, al lado del jardín.

El gato aceptó sus excusas, se encaramó a la ventana, y de allí pasó a los hombros de Bridget con un ronroneo afectuoso.

—¡Precioso! —le dijo la muchacha, que pasó su mano por el lomo del felino.

Wonky Pooh arqueó el rabo y ella reanudó sus caricias con más vigor.

—Gatito bonito —decía Bridget, rascándole las orejas.

La señorita Waynflete regresó en ese momento.

—¡Pobre de mí! —exclamó—. *Wonky Pooh* se ha encariñado contigo. ¡Por lo general es tan señorito! Ten cuidado con la oreja izquierda, la ha tenido enferma y todavía le duele mucho.

Pero la advertencia llegó tarde. Bridget había tocado la oreja enferma y *Wonky Pooh* le arañó la mano y se retiró ofendido.

—¡Oh, cielos! ¿Te ha arañado? —preguntó la señorita Waynflete.

—No es nada —contestó Bridget, que se chupó el arañazo que le cruzaba la mano.

—¿Quieres que te ponga un poco de yodo?

—No, no, no vale la pena.

La señorita Waynflete parecía un tanto desilusionada, y Bridget, al pensar que había sido poco amable, se apresuró a decir:

—Me pregunto cuánto tardará Luke.

—Vamos, no te preocupes, querida. Estoy segura de que el señor Fitzwilliam es capaz de cuidar de sí mismo.

—¡Oh, Luke es muy fuerte!

En aquel momento, sonó el teléfono. Bridget corrió a descolgarlo. Era Luke.

—¿Oiga? ¿Eres tú, Bridget? Estoy en la posada. ¿Te importaría que te llevase tus cosas después de comer? Ha llegado Battle. ¿Sabes a quién me refiero?

—¿El inspector jefe de Scotland Yard?

—Sí. Y desea hablar conmigo ahora mismo.

—Sí, de acuerdo. Tráemelas después de comer y cuéntame lo que opina sobre todo esto.

—Entonces, hasta luego, cariño.

—Hasta luego.

Tras colgar el receptor, Bridget le contó la conversación a la señorita Waynflete. Luego bostezó. De pronto la había invadido una sensación de cansancio.

La señorita Waynflete se dio cuenta.

—¡Estás muy cansada, querida! Puedes tumbarte un rato. No, tal vez no sea bueno antes de comer. Iba a llevarle unas ropas viejas a una mujer que no vive muy lejos de aquí, es un bonito paseo por el campo. ¿Te gustaría acompañarme? Tenemos tiempo antes de la hora de la comida.

Bridget aceptó de buena gana.

Salieron por la puerta de atrás. La señorita Waynflete llevaba un sombrero de paja y, ante el regocijo de la muchacha, se había puesto guantes.

«¡Ni que fuéramos a Bond Street!», pensó.

La señorita Waynflete habló durante el camino de varios asuntos intrascendentes. Atravesaron dos campos y una senda rocosa, y después prosiguieron el paseo por un bosquecillo. El día era caluroso y Bridget agradeció la sombra de los árboles.

La señorita Waynflete le propuso sentarse a descansar unos instantes.

—Hace un día bochornoso. ¿No te parece? ¡Creo que luego habrá tormenta!

Bridget asintió adormilada. Con los ojos medio cerrados recordó las estrofas de una poesía:

¿Por qué paseas por el campo con guantes,
mujer blanca y gorda a quien no quiere nadie?

¡No encajaba bien del todo! La señorita Waynflete no era gorda, y arregló los versos.

¿Por qué paseas por el campo con guantes,
mujer enjuta a quien no quiere nadie?

La señorita Waynflete la sacó de sus meditaciones.

—Tienes mucho sueño, ¿verdad, querida?

Pronunció aquellas palabras en el tono amable de siempre, pero algo en ellas hizo que Bridget abriera los ojos del todo.

La señorita Waynflete se inclinaba sobre ella. Le brillaban los ojos y se pasaba la lengua por los labios como un gato que se relame. Repitió la pregunta:

—Tienes mucho sueño, ¿no es cierto?

Aquella vez no le quedaron dudas sobre el significado de su tono. Un destello cruzó la mente de Bridget, un destello repentino de comprensión, seguido de otro de desprecio por su estupidez.

Había sospechado la verdad, pero solo de una forma muy vaga. Se había propuesto, trabajando con inteligencia y discreción, asegurarse, pero en ningún momento había supuesto que pudieran atentar contra ella. Estaba segura de haber disimulado muy bien sus sospechas. ¡Tonta, más que tonta!

De pronto cayó en la cuenta de otra cosa.

«El té... había algo en el té. Cree que me lo he tomado. ¡Esta es mi oportunidad! ¡Fingir! ¿Qué sería? ¿Veneno o tan solo un somnífero? Ella espera que yo me duerma, eso es evidente.»

Dejó caer sus párpados como antes y, con lo que consideraba una voz somnolienta, musitó:

—Sí, muchísimo. ¡Qué extraño! No sé por qué tengo tanto sueño.

La señorita Waynflete asintió con suavidad. Bridget la observaba entre sus párpados casi cerrados.

«¡De todas maneras soy una buena contrincante! —pensó—. Mis músculos son más fuertes y ella es una viejecilla frágil. Pero tengo que hacerla hablar. Eso es, hacerla hablar.»

La señorita Waynflete sonreía con una mueca astuta e inhumana.

«¡Parece un chivo! ¡Ya lo creo! ¡El chivo siempre ha sido el símbolo del diablo! ¡Ahora sé por qué! —se dijo Bridget—. Tenía razón. ¡Mi fantástica idea era cierta! ¡No hay furia en el infierno que se compare a una mujer despechada! Aquel fue el comienzo.»

—No sé qué me pasa, me encuentro tan rara... —murmuró, y esta vez su voz denotaba miedo.

La señorita Waynflete dirigió una mirada a su alrededor. El lugar estaba completamente desierto y se hallaban demasiado lejos del pueblo para que se oyera un grito. No había casas en las cercanías. Empezó a rebuscar el paquete que llevaba, el que se suponía que contenía ropa vieja. Una vez libre del papel que lo envolvía, aparecieron unas prendas de lana. Las manos enguantadas siguieron rebuscando.

¿Por qué paseas por el campo con guantes?

Sí. ¿Por qué? ¿Por qué llevaba guantes?

¡Claro! ¡Claro! ¡Todo había sido planeado hasta el más mínimo detalle!

Las ropas cayeron a un lado. Con sumo cuidado, la señorita Waynflete sacó un cuchillo, que sujetó con precaución para no borrar las huellas dactilares impresas en él aquella mañana por los dedos regordetes de lord Whitfield en la sala de Ashe Manor.

Era el puñal morisco de hoja afilada.

Bridget se sintió flaquear. Tenía que ganar tiempo y hacer hablar a aquella mujer enjuta de cabellos grises, a quien nadie quería. No iba a serle muy difícil, porque lo estaba deseando, y con la única persona que podía hacerlo era con quien se hallaba en las circunstancias de Bridget, a punto de callar para siempre.

Bridget habló con voz débil y confusa:

—¿Para qué es ese... ese cuchillo?

Y entonces la señorita Waynflete se echó a reír con una risa horrible, suave y musical, pero inhumana.

—Es para ti, Bridget. ¡Para ti! Ya sabes que te odio desde hace mucho tiempo.

—¿Porque iba a casarme con Gordon Whitfield?

—Eres muy lista. ¡Muy lista! Eso será la prueba definitiva contra él. Te encontrarán aquí, degollada, con su cuchillo y sus huellas dactilares. ¡Fui muy astuta al pedir que me lo enseñara esta mañana! Luego, mientras tú estabas arriba, lo escondí en mi bolso envuelto en un pañuelo. ¡Qué sencillo! Todo ha sido muy fácil. Apenas puedo creerlo.

—Eso es... porque... porque es... tan endiabladamente lista —dijo la muchacha con voz de persona dominada por los efectos de una droga.

La señorita Waynflete volvió a reír con aquella risa horrible antes de decir con orgullo:

—¡Sí, siempre he sido muy inteligente, desde niña! Pero nunca me dejaron hacer nada. Tuve que quedarme en casa cruzada de brazos. Luego Gordon, el hijo de un zapatero, pero que tenía ambición y que estaba destinado a triunfar, me dejó plantada..., ¡plantada, a mí! Y todo por aquel ridículo asunto del pájaro.

Sus manos hicieron un gesto como si estuviesen retorciendo algo.

De nuevo, Bridget se sintió desfallecer.

—Gordon Ragg osó despreciarme... a mí, la hija del coronel Waynflete. ¡Juré que me las pagaría! Pensé en ello día y noche. Nos fuimos arruinando. Tuvimos que vender nuestra casa. ¡Él la compró! Y luego vino a ofrecerme a mí un empleo en la que fue mi propia casa. ¡Cómo lo odié entonces, pero nunca demostré mis sentimientos! Así nos lo enseñaban de niñas. Es una educación de valor incalculable. Y es en estos casos cuando mejor se demuestra.

Guardó silencio unos instantes. Bridget la observaba, sin atreverse apenas a respirar para no interrumpir su relato.

—No dejaba de pensar y pensar —prosiguió la señorita Waynflete—. Al principio solo quería matarlo y empecé a leer novelas de crímenes en la biblioteca, a escondidas, ¿sabes? Y la verdad es que mis lecturas me fueron muy útiles en más de una ocasión. Por ejemplo, para cerrar la puerta del cuarto de Amy desde fuera con la ayuda de unas pinzas después de haber cambiado las botellas junto a la cama. ¡Cómo roncaba, qué desagradable! —Hizo una pausa—. Veamos, ¿dónde estaba?

Aquel don que Bridget había cultivado y que encantaba a lord Whitfield, el de ser una oyente perfecta, le sirvió de mucho en esta ocasión. Honoria Waynflete podía ser una maníaca homicida, pero era algo más: era un ser humano ansioso de hablar de sí mismo. Y Bridget sabía tratar perfectamente a aquella clase de seres.

—Al principio pensó en matarlo —contestó con una voz que era una invitación a proseguir.

—Sí, pero no me satisfizo, era demasiado vulgar, quería algo mejor. Y entonces se me ocurrió la idea. Pagaría por los crímenes que no había cometido. ¡Iba a convertirlo en un asesino! Lo colgarían por mis asesinatos. O lo creerían loco y lo encerrarían para el resto de su vida. Eso sería mucho mejor. —Y se echó a reír de nuevo, con ojos extraviados—. Como te digo, leí muchos libros de crímenes. Escogí detenidamente a mis víctimas para no levantar demasiadas sospechas al principio. ¿Sabes? —Su voz se enronqueció—. Me divertía matar. Aquella desagradable mujer, Lydia Horton, una vez se refirió a mí llamándome «vieja». Me alegré mucho cuando Gordon se peleó con ella. Pensé: «Mataré dos pájaros de un tiro». Fue divertidísimo echar arsénico en su té mientras estaba al lado de su cama y luego decirle a la enfermera que la señora Horton se había quejado del gusto tan amargo de las uvas de lord Whitfield. La muy tonta no se lo comentó a nadie, lo cual fue una lástima.

»¡Y luego los otros! Tan pronto como sabía que Gordon se disgustaba con alguien, resultaba tan fácil simular un accidente. Y él es tan tonto, tan tonto. Le hice creer que era un ser especial, que todo el que estaba contra él moría, ¡y se lo creyó! Pobre Gordon, se lo cree todo. ¡Es tan simple!

Bridget se vio a sí misma diciéndole a Luke: «¡Gordon! ¡Creería cualquier cosa!».

¿Fácil? Facilísimo. El pobre Gordon, tan crédulo y pretencioso.

Pero ¡ella debería saber manejarla! ¿Fácil? Facilísimo. Esto también lo era. Había trabajado varios años de secretaria. Había animado a sus patrones a que hablasen de sí mismos. Y aquella mujer deseaba hablar, regodearse en su propia astucia.

—Pero ¿cómo se las arregló? No sé cómo pudo...

—¡Oh, fue bastante sencillo! ¡Solo se necesita organización! Cuando despidieron a Amy de Ashe Manor la contraté enseguida. La idea del tinte me pareció espléndida, y la puerta cerrada por dentro me libraba de sospechas. Aunque yo siempre quedaba al margen porque no tenía motivos, y no se sospecha de quien no tiene ningún motivo para cometer un crimen. También me fue fácil librarme de Carter. Iba tambaleándose entre la niebla, lo esperé en el puente y le di un empujón. ¿Sabes? Soy bastante fuerte. —Hizo una pausa para volver a reír—. ¡Todo fue tan divertido! Nunca olvidaré la cara de Tommy cuando lo empujé por la ventana. Nunca se lo hubiera imaginado.

Entonces se inclinó hacia Bridget como si fuera a hacerle una confidencia.

—La gente es muy tonta. No me había dado cuenta antes.

—¿No será que es usted muy inteligente? —dijo Bridget en voz baja.

—Sí, sí, tal vez tengas razón.

—Debió de serle más difícil librarse del doctor Humbleby —insinuó la muchacha.

—Sí, es sorprendente cómo lo conseguí. Podría no haber funcionado. Gordon había hablado tanto de su visita al Instituto Wellerman Kreitz que pensé que la gente lo recordaría y después ataría cabos. La oreja de *Wonky Pooh* supuraba, me las arreglé para pinchar con mis tijeras la mano del doctor y luego insistí para que me dejara vendársela. Él no sabía que la venda estaba infectada con bacterias de la oreja de *Wonky Pooh*. Me encantó hacerlo, sobre todo porque el gato había sido de Lavinia Pinkerton.

»¡Lavinia Pinkerton! —Su rostro se ensombreció—. Ella lo adivinó. Fue ella quien encontró a Tommy y, cuando Gordon y el doctor discutieron, me sorprendió mirando a Humbleby. Yo estaba desprevenida, pensando en cómo eliminarlo, y lo adivinó. Vi que me observaba y comprendí que lo sabía. No podría probar nada, pero temí que alguien la creyese o que la escuchasen en Scotland Yard. Estaba segura de que iría y tomé el mismo tren para seguirla.

»Todo fue muy fácil. Cruzaba Whitehall y yo iba muy cerca de ella. No me vio. Pasó un coche grande y la empujé con todas mis fuerzas. ¡Soy muy fuerte! Cayó bajo las ruedas. Le dije a la mujer que estaba a mi lado que había visto la matrícula y le di el número del Rolls de Gordon con la esperanza de que se lo dijera a la policía.

»Tuve suerte: el coche no paró. Debía de ser algún chófer que conducía sin permiso el automóvil de su señor. Sí, tuve suerte. Siempre la tengo. Como el otro día en la escena de Rivers, con el señor Fitzwilliam por testigo. No había forma de que sospechara de Gordon, pero cuando viese muerto a Rivers no le quedaría otra que hacerlo.

»Y ahora, esto será el toque final.

Se levantó para acercarse a Bridget.

—¡Gordon me dejó plantada! Iba a casarse contigo. Toda mi vida me han despreciado. No he tenido nada..., nada...

Mujercita enjuta a quien no quiere nadie.

Se inclinó sobre ella, sonriendo, con la mirada enajenada. El cuchillo brillaba.

Bridget dio un salto con todo el impulso de su juventud y, como una tigresa, se abalanzó sobre la otra mujer y le retorció la muñeca.

Cogida por sorpresa, Honoria Waynflete cayó antes de poder reaccionar, pero tras unos momentos de desconcierto, comenzó a luchar. Sus fuerzas no podían compararse. Bridget era joven y sana y sus músculos se habían desarrollado con la práctica de deportes. Honoria Waynflete era delgada y frágil.

Pero existía un factor con el que Bridget no contaba: Honoria Waynflete estaba loca. La fuerza se la proporcionaba la locura. Luchaba como un demonio, y su resistencia era mayor que la de Bridget. Forcejearon una y otra vez; no había apartado de sí el cuchillo cuando Honoria volvía a acercárselo. Y, poco a poco, la fuerza de la loca se fue imponiendo. Bridget se puso a gritar:

—¡Socorro... Luke... Socorro...!

Pero no esperaba que llegaran en su ayuda. Estaba a solas con Honoria Waynflete, sola en un bosque desierto.

Con un esfuerzo supremo, logró doblar la muñeca de su contrincante y, por fin, hacerle soltar el cuchillo.

Al instante siguiente tuvo las manos crispadas de aquella loca alrededor de su garganta, amenazando con quitarle la vida. Soltó un último grito ahogado...

Capítulo 22

Habla la señora Humbleby

Luke se sintió gratamente impresionado por el inspector Battle. Era un hombre robusto y agradable, de rostro colorado y grandes y elegantes bigotes. A primera vista no parecía muy sagaz, pero una segunda mirada bastaba para convencer a cualquiera de que los ojos del inspector Battle eran astutos.

Luke no cometió el error de subestimarlo. Ya había conocido a otros hombres como Battle. Se podía confiar en ellos y siempre conseguían resultados. No podría haber soñado con alguien mejor para que se encargara del caso.

—Debe de ser usted muy bueno cuando lo envían para un caso como este —le dijo cuando estuvieron a solas.

—Acaso sea este un caso muy serio, señor Fitzwilliam. —El inspector Battle sonrió—. Cuando se halla mezclado un hombre como lord Whitfield, intentamos no cometer equivocaciones.

—Se lo agradezco. ¿Ha venido solo?

—¡Oh, no! Me he traído a un oficial de policía. Se hospeda en la otra posada que también es una taberna, la Seven Stars, y su trabajo consiste en vigilar al señor Whitfield.

—Comprendo.

—¿No hay dudas, señor Fitzwilliam? ¿Está completamente seguro de que es su hombre?

—Ante los hechos, no veo otra alternativa posible. ¿Quiere que le dé datos?

—Gracias. Me los ha referido sir William.

—Bien. ¿Qué le parece? Supongo que le resultará increíble que un hombre como lord Whitfield sea un criminal.

—Pocas cosas me sorprenden —respondió el inspector jefe—. Nada es imposible tratándose de crímenes. Es lo que siempre digo. Si usted me contara que una vieja dama o un arzobispo o una colegiala son asesinos peligrosos, no le diría que no, sino que lo investigaría.

—Si ya conoce usted los hechos del caso por sir William, le relataré lo que ha sucedido esta mañana —dijo Luke.

Le contó a grandes rasgos la escena con lord Whitfield. El inspector jefe Battle lo escuchó con gran interés.

—¿Dice usted que acariciaba un cuchillo? ¿Hizo algo especial con él, señor Fitzwilliam? ¿Amenazó a alguien?

—Abiertamente, no. Pasó su índice por el filo de una manera desagradable, con un placer insano. Creo que la señorita Waynflete pensó lo mismo.

—Esa es la señorita de que me habló, la que conoce a lord Whitfield de toda la vida y con el que estaba prometida.

—Eso es.

—Creo que no debe atormentarse más por la joven señorita Conway, señor Fitzwilliam. Haré que la vigilen, y con eso y Jackson siguiendo los pasos de lord Whitfield, no hay peligro de que ocurra nada.

—Me quita usted un peso de encima.

El inspector jefe asintió comprensivo.

—Es una posición muy ingrata la suya, preocupado por la señorita Conway. No creo que este sea un caso fácil. Lord Whitfield debe de ser un hombre muy astuto y es probable que no haga nada durante algún tiempo, a menos que haya llegado ya al último grado de locura.

—¿A qué llama el último grado?

—A un egocentrismo que invade al criminal cuando cree que nadie es capaz de descubrirlo. ¡Se cree demasiado inteligente y que todos los demás son idiotas! Entonces será cuando lo atraparemos.

—Bueno —asintió Luke al tiempo que se levantaba—, le deseo suerte. Déjeme que lo ayude en lo que pueda.

—Desde luego.

—¿No me aconseja nada?

Battle meditó unos instantes.

—Por el momento, no. Primero quiero hacerme una idea de lugar. ¿Tal vez podamos charlar otro ratito esta noche?

—Encantado.

—Entonces, sabré mejor a qué atenerme.

Luke se sentía confortado y algo más tranquilo. Mucha gente tenía esa misma expresión después de una entrevista con Battle.

Miró su reloj. ¿Y si fuese a ver a Bridget antes de comer?

No. La señorita Waynflete se sentiría obligada a invitarlo y eso trastornaría el orden doméstico. Las señoras mayores, lo sabía por experiencia con sus tías, se angustiaban mucho con los problemas domésticos. Se preguntó si la señorita Waynflete tendría sobrinos. Tal vez sí.

Acababa de atravesar la puerta de la posada cuando una figura de negro que bajaba la calle a toda prisa se detuvo bruscamente al verlo.

—Señor Fitzwilliam.

—Señora Humbleby.

Se adelantó para estrecharle la mano.

—Pensé que se había marchado —dijo ella.

—No, solo he cambiado de domicilio. Ahora me hospedo aquí.

—¿Y Bridget? Me han dicho que ha dejado Ashe Manor.

—Sí, es cierto.

—¡Cuánto me alegro! —exclamó la señora Humbleby—. ¡Cuánto me alegro de que haya abandonado Wychwood!

—Oh, todavía está aquí. A decir verdad, está en casa de la señorita Waynflete.

La señora Humbleby retrocedió un paso. Su rostro mostró una expresión de angustia que sorprendió a Luke.

—¿En casa de Honoria Waynflete? Oh, pero... ¿por qué?

—La señorita Waynflete la invitó a pasar unos días con ella.

Con un estremecimiento, la señora Humbleby se acercó a Luke y lo cogió del brazo.

—Señor Fitzwilliam. Sé que no tengo derecho a decir nada, nada en absoluto. He sufrido mucho en los últimos tiempos y tal vez esto me hace ver cosas que no existen. Estos presentimientos pueden ser solo imaginaciones.

—¿Qué presentimientos?

—Este presentimiento que tengo del mal.

Miró tímidamente a Luke. Al ver que se limitaba a inclinar la cabeza sin rebatir sus palabras, continuó:

—Hay tanta maldad. Es un pensamiento que no me abandona. Hay tanta maldad aquí, en Wychwood. Y esa mujer está detrás de todo. ¡Estoy segura!

—¿Qué mujer? —Luke estaba hecho un lío tremendo.

—Honoria Waynflete es una mujer malvada. ¡Estoy segura! Oh, ya veo que no me cree. Tampoco nadie quiso creer a Lavinia Pinkerton. Pero las dos lo presentimos. Ella, según creo, sabía más que yo. Recuerde, señor Fitzwilliam, que si una mujer no es feliz, es capaz de hacer cosas terribles.

—Sí, es posible —contestó él amablemente.

—¿No me cree? —se apresuró a decir la señora Humbleby—. Bien, ¿por qué iba a creerme? Pero no puedo olvidar el día en que John llegó a casa con la mano vendada por ella, a pesar de que John insistió mucho en que era solo un rasguño. —Se volvió—. Adiós. Por favor, olvide lo que le he dicho. No, no me encuentro muy bien estos días.

Luke la observó mientras se marchaba. Se preguntaba por qué habría calificado de malvada a Honoria Waynflete. ¿Acaso habría sido esta última amiga del doctor y la señora Humbleby estaba celosa?

¿Qué más había dicho? «Tampoco nadie quiso creer a Lavinia Pinkerton.» Luego esta debió de comunicarle sus sospechas.

Rápidamente volvió él a la escena del tren y el rostro atormentado de la anciana señora que decía: «La mirada de ciertas personas». Y apareció con claridad en su memoria el modo en que su cara se había transfigurado al hablar. Por unos instantes los dientes quedaron al descubierto, y en sus ojos apareció una curiosa expresión, casi maligna.

Y de pronto Luke se dijo: «He visto esa expresión hace poco. ¿Cuándo? ¡Esta mañana! ¡Claro! Ha sido la señorita Waynflete cuando miraba a Bridget en la sala de Ashe Manor».

¿Lavinia Pinkerton había hablado de la expresión de un hombre? No, de una persona. Era posible que por un segundo hubiese reproducido la mirada que vio, la mirada de un asesino que contemplaba a su víctima.

Sin ser muy consciente de lo que hacía, encaminó sus pasos hacia la casa de la señorita Waynflete. Una voz en su interior le repetía una y otra vez: «No habló de un hombre. Tú pensaste que se trataba de un hombre, pero ella no lo dijo. Oh, Dios mío, ¿me estaré volviendo loco? No es posible lo que pienso, seguro que es imposible. Es absurdo. Pero debo ver a Bridget. Debo comprobar que está a salvo. Esos ojos, esos extraños ojos de color ámbar. ¡Oh, estoy loco! ¡Debo de estar loco! ¡Whitfield es el criminal! ¡Ha de serlo! ¡Casi lo ha confesado!».

Sin embargo, como en una pesadilla, volvió a ver el rostro de la señorita Pinkerton en aquella representación fugaz de algo horrible y demencial.

La doncella le abrió la puerta y, algo sorprendida por su vehemencia, le contestó:

—La señorita Conway ha salido, me lo dijo la señorita Waynflete. Iré a ver si ella está.

Luke apartó a la doncella y entró en la sala de estar. La muchacha subió la escalera y volvió sin aliento.

—La señora también ha salido.

Luke la sujetó por los hombros.

—¿Por dónde han ido? ¿Adónde iban?

—-Deben de haberse ido por la parte de atrás. Si hubiesen salido por delante, las habría visto porque la cocina da a la puerta principal.

La doncella lo siguió mientras salía a toda prisa al pequeño jardín trasero. Había un hombre recortando un seto.

Luke le preguntó por ellas, procurando que su voz sonase normal.

273

—¿Dos señoras? Sí, hace un rato. Yo estaba comiendo sentado junto al seto y no me vieron —contestó el hombre sin prisa.

—¿Qué camino tomaron?

Hizo todo lo posible por que su voz no sonase alterada y, a pesar de ello, el hombre abrió más los ojos.

—Cruzaron esos campos. Por ahí. Luego ya no sé más.

Luke le dio las gracias y echó a correr. Su sentimiento de urgencia se incrementaba. ¡Tenía que alcanzarlas! Podía ser que estuviera loco. Probablemente estarían dando un paseo amistoso, pero alguna cosa lo empujaba a ir deprisa. ¡Más deprisa!

Cruzó dos campos y se detuvo sin saber qué camino tomar. ¿Y ahora hacia dónde ir?

Y entonces oyó la llamada: débil, lejana, pero inconfundible:

—Socorro... Luke... —Y otra vez—: Luke...

Echó a correr en la dirección de donde provenía el grito. Se oyeron otros ruidos, golpes, lucha y un gemido ahogado.

Salió de entre los árboles a tiempo de arrancar las manos de aquella loca de la garganta de la víctima, y después la sujetó mientras la mujer lanzaba puntapiés y maldecía con la boca llena de espuma, hasta que, por fin, con una última convulsión, se quedó rígida.

Capítulo 23

Un nuevo comienzo

—Pues no lo entiendo —dijo lord Whitfield—. No lo entiendo.

Luchaba por mantener su dignidad, pero, bajo su arrogante exterior, se manifestaba un desconcierto digno de lástima. Apenas podía dar crédito a los extraordinarios sucesos que le habían contado.

—Pues así es, lord Whitfield —dijo Battle pacientemente—. Para comenzar, hay en la familia casos de demencia. Lo hemos descubierto ahora. Es algo frecuente en estas viejas familias. Yo diría que ella tenía predisposición. Además, era ambiciosa y se sentía despechada. Primero en su carrera y luego en su noviazgo. —Carraspeó—. Tengo entendido que fue usted quien la dejó plantada.

—No me gusta ese término —dijo lord Whitfield con frialdad.

El inspector Battle arregló la frase.

—¿Fue usted quien dio por terminada la relación?

—Pues sí.

—Cuéntanos por qué, Gordon —dijo Bridget.

—Oh, bueno, lo haré, si no hay más remedio —contestó ruborizándose—. Honoria tenía un canario al que quería mucho. Le picoteaba el azúcar de los labios. Pero un día le dio un picotazo. Ella se enfureció, lo agarró y le retorció el pescuezo. Después de eso, yo ya no sentí lo mismo por ella y le dije que habíamos cometido una equivocación.

—Ese fue el principio —asintió Battle—. Como le dijo a la señorita Conway, ella dedicó todos sus pensamientos y su indudable capacidad mental a un único fin.

—¿Para que me creyeran un asesino? —Lord Whitfield no acababa de convencerse—. No puedo creerlo.

—Es cierto, Gordon —dijo Bridget—. Recuerda cuánto te sorprendía ver que todo el que te molestaba desaparecía inmediatamente de un modo extraordinario.

—Existía una razón para eso.

—La razón era Honoria Waynflete —señaló la muchacha—. Métete en la cabeza que no fue la Providencia quien empujó a Tommy desde la ventana, ni a todos los demás, sino Honoria.

—¡Me parece tan inverosímil! —replicó Gordon negando con la cabeza.

—¿Dice usted que ha recibido un mensaje por teléfono esta mañana? —preguntó Battle.

—Sí, a eso de las doce. Me pidieron que acudiese al bosque de Shaw de inmediato, porque tú, Bridget, tenías algo que decirme. Debía ir a pie y no en mi automóvil.

—Exacto —afirmó Battle—. Ese hubiese sido el fin. Habrían encontrado a la señorita Conway degollada y, a su lado, el cuchillo con sus huellas dactilares, lord Whitfield. ¡Y a usted lo habrían visto por los alrededores! No tendría escapatoria. Cualquier jurado del mundo lo habría condenado.

—¡¿A mí?! —exclamó lord Whitfield, sorprendido y disgustado—. ¿Es que alguien habría creído una cosa así de mí?

—Yo no, Gordon. Nunca lo creí —dijo Bridget con afecto.

—¡Por mi carácter y mi posición en el condado, no creo que nadie hubiese dado crédito, ni por un momento, a esas monstruosas acusaciones!

Dicho esto, salió de la habitación con gran dignidad y cerró la puerta tras él.

—¡Nunca admitirá que ha corrido un serio peligro! —exclamó Luke, y luego añadió—: Vamos, Bridget, cuéntame cómo sospechaste de la señorita Waynflete.

—Fue cuando me dijiste que Gordon era el asesino —explicó ella—. ¡No podía creerlo! ¿Sabes? Lo conozco tan bien. ¡Había sido su secretaria durante dos años! Sé que es pretencioso y orgulloso, y que solo piensa en sí mismo, pero también sé que es una persona amable y demasiado sensible. Es incapaz de matar una mosca. Esa historia de la muerte del canario de la señorita Waynflete tenía que ser falsa. No habría podido hacerlo. Una vez me dijo que él fue quien la dejó, y tú afirmabas que era al revés. Bueno, eso podía ser cierto. Su orgullo no le permitiría admitir que fue desdeñado. Pero ¡eso del pájaro! ¿Cómo pudo hacerlo? ¡Si no puede disparar porque ver las piezas muertas lo pone enfermo!

»Así que comprendí que parte de la historia no era cierta. Y en ese caso, la señorita Waynflete mentía. En realidad, si se piensa bien, era una mentira extraordinaria. De pronto pensé si sería la única mentira. Es una mujer muy orgullosa, cualquiera puede verlo. Haber sido despreciada debió de herirla en lo más hondo y sentir rabia y deseos de vengarse de lord Whitfield, sobre todo cuando él había prosperado y se había enriquecido. Y pensé: "Sí, probablemente intenta hacer recaer el crimen sobre él". Y entonces empecé a darle vueltas a varias ideas y me dije: "Supongamos que todo lo que ha contado sea falso". ¡Qué fácil es para una mujer así engañar a un hombre! Aunque resulte inverosímil, supongamos que fuese ella quien asesinó a todas esas personas y le metiera a Gordon en la cabeza que la divina Providencia lo libraba de sus enemigos. Como te dije una vez, Gordon es capaz de creer cualquier cosa. Y pensé: "¿Pudo cometer todas esas muertes?". ¡Y vi que sí! Pudo empujar a un hombre borracho en un puente y a un niño desde una ventana. Amy Gibbs había muerto en su casa, y Honoria acostumbraba a visitar a la señora Horton cuando esta estaba enferma. El doctor Humbleby me pareció menos fácil. No sabía que, cuando *Wonky Pooh* tuvo la oreja enferma, ella infectó la venda con la que envolvió la mano del doctor. Y no pude imaginármela disfrazada de chófer para matar a la señorita Pinkerton, por eso lo consideré poco probable.

»Pero de repente me di cuenta de que pudo empujarla por detrás, cosa fácil entre la multitud. El coche no paró y tuvo oportunidad de decirle a otra mujer que había visto la matrícula del automóvil, y darle la del Rolls de lord Whitfield.

»Claro que todas estas ideas daban vueltas en mi cabeza sin orden ni concierto. Pero si Gordon no había cometido esos crímenes, y yo lo sabía, ¿quién había sido? La respuesta era: "Alguien que odia a Gordon". ¿Quién lo odiaba? Honoria Waynflete, por supuesto.

»Luego recordé que la señorita Pinkerton se había referido a un hombre. Eso echaba por tierra todas mis teorías porque, a no ser que estuviera en lo cierto, no la habrían matado. Me repetí las palabras de la señorita Pinkerton y me percaté de que no se había referido directamente a un hombre. ¡Y me di cuenta de que estaba sobre la pista verdadera! Decidí aceptar la invitación de la señorita Waynflete, resuelta a sonsacarle la verdad de todo lo ocurrido.

—¿Sin decirme ni una palabra? —protestó Luke enfadado.

—Pero, cariño, tú estabas tan seguro y yo no lo estaba en absoluto. Todo era vago e impreciso, pero nunca imaginé que pudiera correr algún peligro. Creí que tenía mucho tiempo. Oh, Luke, fue horrible. —Se estremeció—. Sus ojos y aquella risa terriblemente cortés e inhumana.

—No olvidaré nunca que llegué justo a tiempo —dijo Luke, y entonces se volvió hacia Battle—. ¿Cómo está ahora?

—Está ida, loca de atar —contestó el inspector jefe—. Es lo natural, ya sabe, no pueden soportar la idea de que no son tan listos como se creían.

—Bueno, no soy un buen policía. No sospeché ni por un instante de Honoria Waynflete. Usted lo ha hecho mejor, Battle —admitió Luke apenado.

—Puede que sí, puede que no. Recuerde lo que le dije: que todo es posible en criminología. Creo que nombré a una vieja dama.

—Y también a un arzobispo y a una colegiala. ¿Tengo que creer que también los considera criminales en potencia?

Battle sonrió de oreja a oreja.

—Lo que quise decir es que cualquiera puede ser un asesino.

—Excepto Gordon —puntualizó Bridget—. Luke, vamos a buscarlo.

Lo encontraron escribiendo muy atareado en su despacho.

—Gordon —dijo la muchacha con voz tierna—, por favor, ahora que ya lo sabes todo, ¿podrás perdonarnos?

Lord Whitfield alzó la mirada con gentileza.

—Claro, querida, claro. Lo comprendo. Soy un hombre muy ocupado y no te atendía. La verdad de este asunto se resume en la frase de Kipling: «Viaja más rápido quien viaja solo». Mi camino en la vida es un camino solitario. —Se puso derecho—. Tengo una gran responsabilidad y debo sobrellevarla solo. Para mí no hay camaradería ni ayuda. Debo seguir solo hasta que caiga a la vera del camino.

—¡Querido Gordon! ¡Eres un encanto! —exclamó Bridget.

—No es cuestión de ser un encanto —repuso Gordon frunciendo el ceño—. Olvidemos todas estas tonterías. Soy un hombre muy ocupado.

—Lo sé.

—Preparo una serie de artículos que quiero publicar enseguida sobre los crímenes cometidos por mujeres a través de los tiempos.

—Gordon, creo que has tenido una idea magnífica —dijo Bridget mirándolo con admiración.

El noble hinchó el pecho.

—Ahora dejadme, por favor. No quiero que me distraigan. Tengo mucho trabajo —dijo lord Whitfield.

Luke y la muchacha salieron de la habitación de puntillas.

—La verdad es que es encantador —señaló ella.

—Bridget, creo que querías a ese hombre.

—Ya sabes, Luke, que una vez lo creí.

—Me alegra marcharme de Wychwood —comentó Luke—. No me gusta este sitio. Como dijo la señora. Humbleby: aquí hay mucha maldad. No me gusta la sombra que proyecta Ashe Ridge sobre el pueblo.

—Hablando de Ashe Ridge, ¿qué hay de Ellsworthy?

Luke se echó a reír avergonzado.

—¿Lo dices porque vi sangre en sus manos?

—Sí.

—¡Por lo visto habían sacrificado un gallo blanco!

—¡Qué desagradable!

—Creo que Battle se propone darle una sorpresa.

—Y el pobre comandante Horton no pensó nunca en matar a su esposa; el señor Abbot debió de recibir una carta comprometedora de alguna dama, y el doctor Thomas es tan solo un simpático y joven médico —resumió Bridget.

—¡Es un burro rematado!

—Dices eso porque sientes celos de que esté prometido con Rose Humbleby.

—Es demasiado buena para él.

—¡Siempre he creído que te gustaba más que yo!

—Querida, ¿eso no te parece un poco absurdo?

—No, la verdad.

Bridget se quedó callada unos instantes y luego preguntó:

—Luke, ¿te gusto ahora?

Él hizo un movimiento para acercarse a ella, pero Bridget lo rechazó.

—He dicho si te gusto, Luke, no si me quieres.

—¡Oh! Ya veo. Sí, me gustas, Bridget, tanto como te quiero.

—Tú también me gustas, Luke.

Sonrieron tímidamente como dos niños que acabaran de hacerse amigos en una fiesta.

—Gustarse es más importante que amarse. Es lo que perdura. Y yo quiero que lo que hay entre nosotros perdure, Luke. No solo que nos amemos y casemos, y, al cabo de poco tiempo, nos cansemos el uno del otro y busquemos a otra persona.

—¡Oh, amor mío, lo sé! Tú quieres algo real. Y yo también. Lo nuestro durará para siempre porque se basa en algo real.

—¿Es eso cierto, Luke?

—Es cierto, cariño. Creo que por eso temía enamorarme de ti.

—Yo también temía llegar a quererte.

—¿Tienes miedo ahora?

—No.

—Hemos estado mucho tiempo cerca de la muerte. Ahora todo ha terminado y empezaremos a vivir...

Descubre los clásicos de Agatha Christie

DIEZ NEGRITOS

ASESINATO EN EL ORIENT EXPRESS

EL ASESINATO DE ROGER ACKROYD

MUERTE EN EL NILO

UN CADÁVER EN LA BIBLIOTECA

LA CASA TORCIDA

CINCO CERDITOS

CITA CON LA MUERTE

EL MISTERIOSO CASO DE STYLES

MUERTE EN LA VICARÍA

SE ANUNCIA UN ASESINATO

EL MISTERIO DE LA GUÍA DE FERROCARRILES

LOS CUATRO GRANDES

MUERTE BAJO EL SOL

TESTIGO DE CARGO

EL CASO DE LOS ANÓNIMOS

INOCENCIA TRÁGICA

PROBLEMA EN POLLENSA

MATAR ES FÁCIL

EL TESTIGO MUDO

EL MISTERIO DE PALE HORSE